표류자들의 집

표류자들의 집
La casa de los náufragos

기예르모 로살레스 장편소설   최유정 옮김

**LA CASA DE LOS NÁUFRAGOS
by GUILLERMO ROSALES(1987)**

Copyright (c) Heirs of Guillermo Rosales, 1987
Korean translation rights (c) The Open Books Co., 2011
Korean translation rights are arranged with
Heirs of Guillermo Rosales through Amo Agency Korea.
All rights reserved.

이 책은 실로 꿰매어 제본하는 정통적인 사철 방식으로 만들어졌습니다.
사철 방식으로 제본된 책은 오랫동안 보관해도 손상되지 않습니다.

표류자들의 집

7

역자 해설
환멸의 미로에서 탈주를 꿈꾸다

181

기예르모 로살레스 연보

199

집 바깥에는 〈보딩 홈〉[1]이라고 쓰여 있었지만, 나는 이곳이 내 무덤이 되겠구나 생각했다. 삶에 절망한 사람들이 흘러드는 변두리의 한 보호소. 대부분이 미친 놈들이었다. 더러는 승자들의 삶을 망치지 말고 외롭게 살다 죽으라며 가족들이 버린 늙은이들도 있었다.

「여기서 잘 지낼 게야.」 고모는 최신형 시보레 운전석에 앉아서 내게 말한다. 「더는 할 수 있는 게 없다는 걸 너도 이해하게 될 게야.」

나는 이해한다. 고모에게 고마워해야 할 것 같은 느

---

[1] *boarding home*. 미국에 있는 사설 요양소. 육체적·정신적 장애가 있는 사람들이나 노인들이 입원해 지낸다.

낌마저 든다. 때 구정물에 찌들어 넝마 더미를 한 짐 지고 공원 벤치에서 아무렇게나 먹고 자는 신세를 면하고 살아갈 수 있도록 이 누추한 곳이라도 마련해 주다니.

「더는 할 수 있는 게 없잖니.」

나는 그녀를 이해한다. 여섯 달 전, 쿠바의 문화, 문학, 음악, 스포츠, 역사, 철학, 이 모든 것들로부터 도망쳐 나와 마이애미에 온 이래, 나는 세 번이나 정신병원에 입원했다. 나는 정치적 망명자가 아니다. 총체적 망명자다. 이따금 브라질이나 스페인 혹은 베네수엘라나 스칸디나비아 반도 같은 곳에서 태어났더라도, 그 거리, 그 항구 그리고 그 목초지로부터 탈주했을 거라고 생각한다. 「여기서 잘 지낼 게야.」 고모가 말한다.

나는 고모를 쳐다본다. 고모도 굳은 얼굴로 나를 쳐다본다. 그녀의 메마른 눈에는 눈곱만큼의 동정심도 없다. 우리는 차에서 내린다. 그 집에는 〈보딩 홈〉이라 붙어 있었다. 인간쓰레기들을 수거해 놓은 집합소. 멍한 눈, 메마른 뺨, 이가 다 빠진 입에 지저분한 몸뚱이를 한 존재들의 집. 오직 미국에만 이런 장소들이 있는 게 아닐까? 이곳은 그저 주택으로 알려져 있기도 하다. 정부에서 제공하는 시설은 아니다. 일정한 보건 의료 과정을 이수하고 주 정부의 허가증만 취득하면 어느 누구든 얼마든지 개업할 수 있다.

「……다른 일들처럼 일종의 비즈니스지 뭐.」 고모는 거듭 설명한다. 「장례업이라든지, 안경점이나 옷 가게 같은 것 말이야. 여기다 3백 페소[2]를 내면 될 게야.」

우리는 문을 열었다. 거기 모두가 있었다. 정신 지체자인 르네와 페페, 옷에 오줌을 지리는 쭈그렁 노파 힐다, 심각한 표정으로 말없이 지평선만 쳐다보는 반백의 피노, 유리 눈알에서 누런 진물을 흘려 대는 애꾸눈 늙은이 레예스, 산송장의 귀부인 이다, 미친 늑대처럼 으르렁거리는 올리브색 피부의 건장한 양키 루이, 세상의 온갖 악행을 조용히 목격해 온, 페루 사람으로 보이는 인디오 늙은이 페드로, 동성애자 타토, 난쟁이 나폴레옹, 〈죽고 싶어! 죽고 싶어! 죽고 싶어!〉 소리쳐

---

[2] 미국에 거주하는 쿠바 출신 이민자들은 통상적으로 〈달러〉를 〈페소〉로 부른다.

댈 줄만 아는 아흔 살 노인네 카스타뇨.

「여기서 잘 지낼 게야.」 고모가 말한다. 「라티노들 사이에서 지낼 테니 말이야.」

우리는 안으로 들어간다. 보딩 홈의 주인인 쿠르벨로 씨가 사무실에서 우리를 기다리고 있다. 첫인상부터 상당히 역겨운걸? 에라, 모르겠다. 그는 애들이나 쓰는 야구 모자에 요상한 운동복을 걸친 뚱뚱한 비곗덩어리의 남자였다.

「말씀하셨던 분이 이분이시군요?」 그가 빙긋이 웃으며 고모에게 묻는다.

「네, 이 사람이에요.」 고모가 대답한다.

「여기서 잘 지낼 겁니다.」 쿠르벨로가 말한다. 「한 가족처럼 지내게 될 거예요.」

그는 내가 팔에 끼고 있는 책을 보더니 내게 묻는다. 「자넨 책 읽는 걸 좋아하나 보군?」

고모가 대답한다. 「그것만이 아니에요. 작가이기도 하죠.」

「오, 그렇군요.」 쿠르벨로가 짐짓 놀라는 척하며 내게 묻는다. 「그래서 뭘 썼는지……?」

「쓸데없는 개소리요.」 난 부드럽게 대답한다.

「약은 가져오셨나요?」 그때 쿠르벨로가 고모에게 묻는다.

고모는 가방에서 약을 찾는다.

「네.」 고모가 대답한다. 「멜레릴정 1백 밀리그램이에요. 하루에 네 알씩 복용해야 하고요.」

「좋습니다.」 쿠르벨로가 만족스러운 표정으로 대답한다. 「이 젊은이를 여기에 두고 가시죠. 이제부턴 저희가 맡겠습니다.」

고모가 다시 내 눈을 쳐다본다. 그래도 이번에는 일말의 자비심이라도 보인다.

「여기서 잘 지낼 게야.」 그녀가 장담한다. 「더는 할 수 있는 게 없잖니.」

내 이름은 윌리엄 피게라스, 열다섯 살이 채 되기 전에 위대한 마르셀 프루스트는 물론이요, 헤르만 헤세, 제임스 조이스, 아서 밀러, 토마스 만을 모두 탐독했다. 그들은 내게 독실한 기독교 신자가 섬기는 성인과도 같은 존재들이었다. 나는 20년 전 쿠바에서 연애 소설 한 편을 썼다. 공산주의자와 부르주아 간의 사랑 이야기였는데, 두 주인공의 자살로 이야기는 끝이 난다. 하지만 그 소설은 출판되지 않았고, 이로써 나의 사랑 이야기 역시 많은 이들에게 알려지지 못하게 되었다. 정부의 문학 분야 전문가들이 내 소설이 병적이고, 음란하며, 불경할 뿐 아니라 공산당을 혹독하게 다뤘다고 평했기 때문이다. 그 뒤로 나는 미쳐 버렸다. 벽에 달라붙어 있는 귀신들이 보이고 나를 모욕하는 목소리들이 들리기 시작하자 글쓰기도 그만두었다. 광견병 걸린 개처럼 입에 거품을 무는 것이 내가 할 수 있는 전부였다. 타국으로 가면 광증으로부터도 해방되리라 믿고 있던 어느 날, 드디어 쿠바를 떠나 위대한 아메리카, 미국 땅에 도착했다. 20여 년 동안 떨어져 살다 보니, 내가 어떻게 살아왔는지, 심지어는 내가 누군지조차 잘 알지 못하는 친척 몇몇이 나를 기다리고 있었다. 그들은 장차 승승장구할 인물이 도착할 거라 생각했다. 사업가가 되거나 돈 많은 한량이 되거나, 온 집을 가득 채울 만큼 많은 자식들을 거느리고, 장마크라든가 피에르 카르댕 같은 상표의 옷을 사 입히며,

번듯한 차를 몰고, 주말이면 해변으로 놀러 가는 한 집안의 가장이 될 사람 말이다. 하지만 내가 도착하던 날 공항에 나타난 사람은 이도 거의 없는 합죽이에 비쩍 마르고 잔뜩 겁먹은 온전치 못한 작자였던 것이다. 가족은 그날 당장 그 작자를 정신 병원에 입원시켜야 했다. 그 작자가 가족들을 불신에 가득 찬 눈으로 바라보더니, 볼에 입맞춤을 하며 반갑게 인사를 한다거나 그간의 안부를 전하는 대신 욕지거리를 해댔으니까. 그 상황은 모두에게 큰 실망이었다. 뭔가 대단한 사람이 올 거라 기대하고 있던 고모에겐 특히나 더했다. 그렇게 도착한 게 바로 나였다. 집안의 수치. 쿠바계 소시민 가정에 생긴 끔찍한 오점. 튼튼한 치아에 깨끗한 손톱, 건강한 피부를 가졌으며, 유행에 맞는 옷을 입고, 묵직한 금 목걸이를 걸고, 근사한 최신형 자동차를 몰 뿐만 아니라 냉난방 시설이 완비된 널찍한 방 네 칸과 잘 구비된 식품 저장소까지 딸린 집에서 잘 먹고 잘 살고 있는 가족들에게 어느 날 뚝 떨어진 애물단지가 바로 나였던 거다. (내가 도착한 날인) 바로 그날 가족 모두가 수치심에 젖어 서로를 바라보다

모지락스러운 말들을 주고받고는 두 번 다시 나를 보지 않을 작정으로 차에 올라타 서둘러 공항을 빠져나갔다는 사실을 나는 알고 있다. 그날 이후로 오늘 아침 태양이 떠오를 때까지 그냥 그렇게 지내 온 것이다. 가족이라는 인연의 끈을 놓지 않고 있어 준 유일한 사람이 바로 클로틸데 고모였다. 그녀는 나를 맡기로 했고, 집에 데려가 석 달 동안 나를 돌봐 주었다. 그러던 어느 날, 일가친척과 친구들의 조언을 받아들인 그녀는 결국 나를 보딩 홈에 보내기로 결정했다. 쓸모없는 인간들의 집, 보딩 홈으로.

「더는 할 수 있는 게 없단 걸 너도 이해하게 될 게야.」

나는 그녀를 이해한다.

이 보딩 홈에는 원래 방이 여섯 개 있었다. 처음 이 집에는 아주 전형적인 미국인 가족이 살았을 텐데, 아마도 공산주의 정권에서 도망 나온 쿠바인들이 정착하기 시작했을 무렵 마이애미를 떠나 버린 게 아닌가 싶다. 현재 이 보딩 홈에는 훨씬 더 작아진 방 열두 개가 있으며, 각 방에는 침대가 두 개씩 놓여 있다. 거실에는 잘 켜지지 않는 구닥다리 텔레비전과 스무 개의 낡고 딱딱한 의자가 있다. 화장실이 세 개 있지만, 그중 (제일 좋은) 한 곳은 원장 쿠르벨로 씨 전용이다. 나머지 두 화장실의 변기는 늘 막혀 있다시피 했는데, 몇몇 사람들이 낡은 셔츠, 침대보, 커튼 조각 등 이런저런 천으로 밑을 닦고 변기에 버렸기 때문이다. 쿠르벨로 씨는 휴지를 주지 않는다. 법적으로는 주는 게 의무이지만 말이다. 집 바깥쪽에 있는 별관에는 쿠바 출신의 물라타[3] 아가씨 카리다드가 온몸에 종교적 분위기가 물씬 나는 목걸이와 팔찌를 치렁치렁 걸고 음식을 배급하는 식당이 있다. 하지만 그녀는 직접 음식을 만들지는 않는다. 만일 그녀가 요리까지 한다면, 쿠르벨로 씨는 주마다 30페소는 더 지불해야 할 것이다. 하지만 결코 그런 일을 할 쿠르벨로 씨가 아니다. 그래서 낯짝 두꺼운 속물 쿠르벨로 씨 본인이 매일매일 손수 야채수프를 만든다. 그는 가장 손쉬운 방법으로 요리하는데, 강낭콩이나 완두콩 한 주먹을 압력 냄비에 (퐁당!) 넣고 푹 익히는 거다. 아마 마늘 가루를

---

3 *mulata*. 라틴아메리카 지역의 흑인과 백인 혼혈 인종인 물라토의 여성형.

눈곱만큼 넣기는 할 것이다. 그 밖에 〈사손〉이라는 배달 음식점에서 가져오는 밥과 주요리를 먹는데, 이 음식점의 주인 부부는 이곳을 그저 미친놈들이 모여 사는 집쯤으로 여기기에 자기네가 취급하는 요리 중 제일 안 좋은 것을 골라 기름때가 잔뜩 낀 커다란 냄비 두 개에 아무렇게나 담아 배달한다. 스물세 사람분의 음식을 보내야 마땅하지만, 늘 열한 사람분만 배달한다. 쿠르벨로 씨는 그 정도면 충분하다고 여긴다. 게다가 어느 누구도 토를 달지 않는다. 하지만 누군가가 토를 달기라도 하면, 쿠르벨로 씨는 그자를 쳐다보지도 않은 채 〈먹기 싫어? 싫으면 이 집에서 나가 버려!〉라고 말한다. 하지만……. 과연 누가 나가 버리겠는가? 거리는 힘겹다. 정신이 달나라에 가 있는 미친놈들에게도 그렇다. 이를 아는 쿠르벨로 씨는 거듭 말한다. 「썩 나가 버리라고!」 하지만 아무도 떠나지 않는다. 반항했던 이는 눈을 내리깔고, 수저를 다시 들고, 익지도 않은 완두콩을 다시 먹기 시작한다.

보딩 홈에서 지내는 사람들 가운데 혼자가 아닌 사람은 없다. 이다 할멈은 딸이 둘이나 매사추세츠에 살고 있지만, 딸들은 제 어머니에게 관심조차 없다. 늘 침묵으로 일관하는 피노는 이 넓디넓은 나라에 살며 아는 이 하나 없이 혈혈단신이다. 정신 지체자인 르네와 페페는 그들에게 넌덜머리가 난 가족들과 절대로 함께 살 수 없을 것이다. 애꾸눈 늙은이 레예스는 뉴포트에 딸이 하나 사는데, 못 본 지 15년이나 되었다. 방광염에 시달리는 노파 힐다는 자기 성이 뭔지도 모른다. 나는 고모가 하나 있긴 하지만…… 〈더는 할 수 있는 게 없다〉. 쿠르벨로 씨는 이 모든 걸 잘 알고 있다. 너무나 잘 알고 있다. 너무도 잘 알고 있기 때문에 아무도 이 보호소에서 나가지 않을 거라는 사실은 물론이요, 미국 정부가 여기에 머무는 정신병자 한 명당 지급하는 314페소의 수표를 계속해서 수령할 수 있을 거라는 사실도 확신하고 있다. 스물세 명의 정신병자. 전부 합쳐 7천 222페소. 거기에 용도를 도무지 알 수 없는 보조금 명목으로 3천 페소가 추가로 지급되니, 매달 그의 손에 들어오는 돈은 1만 222페소이다. 그래서 쿠르벨로 씨는 코럴 게이블스에 합법적으로 집 한 채를 장만하게 되었고, 품종 좋은 말을 사육하는 목장까지 소유하게 되었다. 또 주말이면 언제나 우아하게 스쿠버 낚시도 즐길 수 있게 되었다. 자식들의 생일 소식까지 사진과 함께 지역 신문에 실리는 것도, 사교 파티가 열리면 연미복에 나비넥타이까지 잘 차려입고 참석하는 것도 다 같은 맥락에서 가능했던 것이다. 쿠르벨로 씨의 따뜻했던 눈길은, 고모가 가버리자마자, 차갑고 냉담해진다.

「따라오게.」 그가 퉁명스럽게 말한다. 그는 좁다란 복도를 지나 4호실로 나를 데려갔고, 거기에는 한 남자가 전기톱이 돌아가듯 요란하게 코를 골며 잠을 자고 있다.

「이 침대에서 지내게.」 그는 나를 쳐다보지도 않고 말한다. 또 누리끼리한 얼룩이 지고 다 해진 수건을 가리키며 말한다. 「이건 자네가 쓸 수건, 그리고 이건 자네가 쓸 옷장이고.」 봉투에서 하얀 비누 반 토막을 꺼내 내게 건네며 말한다. 「이건 자네가 쓸 비누일세.」 그가 한 말은 그게 전부였다. 그는 손목시계를 보자마자 늦었다는 듯 방문을 쾅 닫고 나간다. 그제야 나는 짐가방을 바닥에 내려놓고, 내가 가져온 소형 텔레비전을 서랍장 위에 올려놓은 후 창문을 활짝 열고, 영국 시인들의 시선집을 손에 든 채 내게 할당된 침대에 걸터앉는다. 별생각 없이 책을 딱 펼친다. 콜리지의 시다.

늙은 뱃사람이여, 당신을 괴롭히는 악마로부터
신이 당신을 구원하시길! ―
「어찌 그런 눈으로 나를 바라보시오?」 ― 내 석궁으로
나는 알바트로스를 쏘았소.

갑자기 방문이 쓱 열리더니, 흙탕물을 뒤집어쓴 듯 칙칙하고 꾀죄죄한 피부의 건장한 남자 하나가 방으로 불쑥 들어온다. 손에 들고 온 캔 맥주를 연이어 홀짝이며 나를 계속 흘낏거린다.
「신입이신가?」 그가 묻는다.
「그렇소.」
「나는 아르세니오고, 쿠르벨로 씨가 자리를 비우면 그 사람을 대신하고 있지.」
「그렇군.」

내 짐 가방과 책들을 바라보던 눈길이 어느 순간 내가 가져온 자그마한 흑백텔레비전에 멈춘다.

「이거 나오는 건가?」

「그렇소.」

「얼마 주고 샀지?」

「60페소.」

그는 곁눈질로 텔레비전을 계속 흘끔대며 다시 홀짝이기 시작한다. 그러더니 묻는다.

「밥 먹을 건가?」

「물론이지.」

「아, 그럼 드셔야지. 음식은 이미 다 준비돼 있거든.」

그는 캔 맥주를 들이켜며 뒤돌아 방에서 나간다. 배가 고프지는 않지만 나는 먹어야만 한다. 몸무게는 고작 52킬로그램에, 머리는 늘 어지럽고 띵하다. 「버러지 같은 놈!」 길거리에서 사람들은 가끔 내게 이렇게 소리친다. 침대 위에 영국 시인들의 시선집을 툭 던져 놓고, 셔츠 단추를 채운다. 바지의 엉덩이 부분이 제멋대로 논다. 먹어야만 한다.

나는 식당으로 간다.

미친놈들에게 음식을 나눠 주는 일을 하는 카리다드가 막 식당에 들어선 나에게 딱 하나 남은 빈자리를 가리킨다. 애꾸눈 늙은이 레예스의 옆자리이다. 그 맞은편에는 노파 힐다가 오줌 지린내로 진동하는 옷을 입은 채 앉아 있고, 그녀 옆에는 두 명의 정신 지체자 중 나이가 좀 더 많은 페페가 앉아 있다. 이 자리는 〈불가촉 천민 식탁〉이라 불리는데, 그래서인지 식사 시간에는 어느 누구도 그들 옆에 가기를 꺼린다. 레예스는 양손을 다 써가며 밥을 먹는데, 상어 눈깔처럼 번득거리는 그의 커다란 유리 눈알에서는 누렇고 묽은 고름이 눈물처럼 흐른다. 양손으로 먹기는 힐다도 마찬가지인데, 후작 부인이 만찬을 즐기듯 의자 뒤로 몸을 완전히 젖히고 먹는 통에, 음식의 절반은 옷에 줄줄 흘리고 만다. 정신 지체자 페페는 삽처럼 커다란 수저로 밥을 퍼먹는데, 이도 다 빠진 턱으로 천천히 우적거리며 씹어 대다 보니, 크고 흉한 눈 밑까지 밥풀이며 완두콩이며 죄다 튀어 얼굴이 온통 엉망이다. 나도 첫 숟갈을 입에 떠 넣고 씹기 시작한다. 한 번, 또 한 번, 그리고 또 한 번. 그렇게 씹었는데도 도저히

삼킬 수가 없다. 접시에 몽땅 뱉어 버리고 식당을 나선다. 방에 돌아오니, 내 텔레비전이 보이지 않는다. 옷장 속이며 침대 밑이며 샅샅이 찾아봐도 없다. 쿠르벨로 씨를 찾아갔는데, 지금 그 자리에 앉아 있는 것은 부책임자 아르세니오이다. 그는 캔 맥주를 한 모금 꿀꺽 넘기더니 내게 말한다.

「쿠르벨로 씨는 자리에 없네. 무슨 일이지?」

「텔레비전을 도둑맞았어.」

「쯧쯧쯧.」 그는 안됐다는 듯 고개를 가로젓더니 말한다. 「루이가 그랬을 거야. 그가 바로 도둑이라고.」

「루이는 어디 있지?」

「3호실.」

나는 3호실로 간다. 방 안에 미국인 루이가 있는 게 보인다. 내가 방으로 들어가려 하자 그가 늑대처럼 울부짖는다.

「텔레비전은?」 내가 묻는다.

「지옥으로나 꺼져 버려!」 그가 격분해서 소리친다. 다시금 울부짖는다. 온몸으로 달려들어 방 밖으로 나를 밀쳐 낸다. 그러고는 문을 쾅 닫아 버린다.

나는 아르세니오를 바라본다. 그가 싱긋이 웃는다. 그러더니 곧 맥주 캔으로 얼굴을 가려, 웃는 표정을 감춘다.

「한 모금 하겠어?」 그가 맥주 캔을 내밀며 물어본다.

「고맙지만, 나는 술을 마시지 않아. 쿠르벨로 씨는 언제 오지?」

「내일.」

좋다. 더는 할 수 있는 게 아무것도 없다. 방으로 돌아와 무거운 몸을 침대에 누인다. 베개에는 해묵은 땀 냄새가 짙게 배어 있다. 사벽에 둘러싸여 온몸의 수분을 다 빨리며 살다 간 또 다른 미친놈들의 땀 냄새. 나는 베개를 멀찌감치 휙 던져 버린다. 내일 깨끗한 침대보와 새 베개로 바꿔 달라고 해야지. 그리고 내 허락 없이는 아무도 못 들어오도록 방문에 빗장도 달아 달라고 해야지. 천장을 올려다본다. 쪼그만 갈색 바퀴벌레들이 바글대는, 페인트칠이 다 벗겨진 파란색 천장이다. 좋다. 이것이 내 피날레이다. 내가 도달할 수 있었던 종착역. 이 보딩 홈 말고는 더 이상 갈 곳이 없다. 길거리로 나앉는 것 말고는 아무것도 없다. 문이

다시 열린다. 옷에다 계속 오줌을 지리는 할망구 힐다다. 담배를 구하러 온 거다. 나는 그녀에게 담배 한 개비를 건넨다. 그러자 그녀는 나를 다정한 눈빛으로 바라본다. 흉측한 몰골 너머로 지난날의 아름다움이 느껴진다. 그녀의 목소리는 너무나도 달콤하다. 그 목소리로 자기 이야기를 한다. 그녀가 말하길, 자기는 단 한 번도 결혼한 적이 없단다. 처녀란다. 열여덟 살이란다. 결혼할 품격 있는 신사를 찾고 있는 중이란다. 다른 이도 아니고, 신사라니!

「당신 눈이 참 아름다워.」 그녀는 달콤한 목소리로 내게 말한다.

「고마워요.」

「별말씀을.」

나는 잠깐 잤다. 쿠바의 한 시골 마을에 있는 꿈을 꿨는데, 그 마을을 통틀어 사람이라곤 단 한 명도 없었다. 문이면 문, 창문이면 창문, 모조리 다 활짝 열려 있었고, 그 열린 틈으로는 새하얗고 깨끗한 침대보가 판판히 잘 깔려 있는 철제 침대들이 보였다. 길게 펼쳐진 거리는 조용했고, 집들은 모두 나무로 지어져 있었다.

나는 곤혹스러워하며, 혹시 얘기 나눌 사람을 찾을 수 있을까 싶어 온 마을을 돌아다녔다. 하지만 아무도 없었다. 문이 열려 있는 집들, 하얀 침대들, 그리고 고요함뿐이었다. 삶의 흔적이라고는 조금도 없었다.

나는 땀에 흠뻑 젖은 채 잠에서 깼다. 전기톱처럼 코를 골아 대던 옆 침대의 미친놈이 이제 막 잠자리에서 일어나 바지를 입는다.

「난 일하러 갑니다.」 그가 내게 말한다. 「밤새 피자집에서 일하고 6페소를 받아요. 또 피자랑 코카콜라도 받고요.」

그는 셔츠를 입고 구두를 신는다.

「난 아주 오래된 노예랍니다.」 그가 말한다. 「환생한 거죠. 전생에 나는 로마 황제들이 통치하던 시대에 살았던 유대인이었거든요.」

그는 문을 쾅 닫고 나간다. 나는 창문 너머로 거리를 내다본다. 밤 12시쯤 되었을 것이다. 나는 바람을 좀 쐬려고 침대에서 일어나 거실로 나간다. 관리자 아르세니오의 방 앞을 지나는데, 몸싸움하는 소리, 그다음에는 철썩 따귀 갈기는 소리가 들린다. 나는 가던 길을 계속 가, 땀에 찌들고 낡을 대로 낡은 안락의자에 앉는다. 담뱃불을 붙이고 고개를 뒤로 쭉 젖힌 채 아직도 왠지 좀 으스스하게 느껴지는, 방금 전 꾸었던 꿈을 떠올린다. 꿈속에 나왔던 잘 정돈된 하얀 침대들, 활짝 열려 있던 외딴 집들, 그리고 마을 전체에 유일한 생명체였던 나. 바로 그 순간, 관리자 아르세니오의 방에서 누군가가 휘청거리며 나오는 것이 보인다. 노파 힐다. 벌거벗은 상태다. 그 뒤로 벌거벗은 아르세니오도 나온다. 그들은 나를 보지 못했다.

「이리와.」 아르세니오가 힐다에게 술 취한 목소리로 말한다.

「싫어.」 힐다가 대꾸한다. 「나 그거 아프다고.」

「이리 오라니까. 내가 담배 한 대 줄게.」 아르세니오가 말한다.

「싫다고. 아프다니까!」

내가 담배를 한 모금 빨자 아르세니오는 어둠 속에 있던 나를 알아챈다.

「거기 누구야?」

「나.」

「〈나〉가 누구야?」

「신입.」

아르세니오는 언짢다는 듯 뭔가 중얼거리더니 곧 자기 방으로 들어가 버린다. 힐다는 내가 있는 곳으로 온다. 창문으로 스며드는 한 줄기 가로등 불빛이 그녀의 벌거벗은 몸을 휘감는다. 살가죽만 남아 뼈가 앙상한 몸이다.

「담배 한 대 있어요?」 그녀가 달콤한 목소리로 묻는다.

나는 그녀에게 한 대 건넨다.

「나는 뒤로 하는 게 정말 싫다고.」 그녀는 아르세니오의 방을 가리키며 말한다. 「그런데 저 자식, 저 망할 자식은 뒤로 하는 것 말고는 다 싫다고 해.」

그녀는 자리를 뜬다.

나는 다시 안락의자 등받이에 머리를 기댄다. 『쿠블라 칸』의 작가 콜리지가 생각난다. 프랑스 대혁명이 그에게 남긴 환멸은 시인으로서의 파멸과 불능을 가져왔지. 그런데 그 순간 갑자기 생각의 흐름이 끊긴다. 섬뜩하게 한참을 울부짖는 소리로 보딩 홈이 요동

친다. 미국인 루이가 분노에 차올라 일그러진 얼굴로 거실에 나타난다.

「*Fuck your ass*(이런, 빌어먹을)!」 늦은 시간이라 아무도 없는 길거리를 향해 고래고래 악을 쓴다. 「*Fuck your ass! Fuck your ass!*」

그는 벽에 걸린 거울에 주먹을 날린다. 거울이 산산조각 나며 바닥에 와르르 쏟아진다. 관리인 아르세니오가 침대에 누워 게으른 목소리로 말한다.

「루이, *you*, 침대로, *now*. *Tomorrow*, *you*한테 약을 줄 테니. *You*, 더 이상 난리 피우지 말라고.」

그러자 루이는 어둠 속으로 사라진다.

아르세니오는 보딩 홈의 진정한 우두머리다. 쿠르벨로 씨는 매일 오기는 하지만(토요일과 일요일 빼고), 고작 3시간 정도 머물다 갈 뿐이다. 그는 야채수프를 끓이고, 그날그날의 약을 준비하고, 두꺼운 수첩에 뭔가 알 수 없는 것들을 적고, 그러고는 가버린다. 반면 아르세니오는 여기서 하루 24시간 내내 머문다. 나가는 일도 없이, 심지어는 길모퉁이 담배 가게에조

차 가지 않고 말이다. 담배를 피우고 싶을 땐 미친놈 중 하나를 시켜 가게에 가서 사 오게 한다. 배가 고플 땐 자기 똘마니인 미친놈 피노더러 길모퉁이 싸구려 음식점에 가서 먹을 것을 좀 사 오라고 시킨다. 또 맥주를 좀 사 오라고, 아니, 왕창 사 오라고도 하는데, 그러다 보니 아르세니오는 온종일 취해 있기 일쑤다. 그의 친구들은 그가 가장 많이 마시는 맥주 이름을 따서 그를 〈버드와이저〉라고 부른다. 술을 마실 때 그의 눈은 더 악의에 차고 목소리는 (훨씬!) 더 흐리터분해지며, 행동은 더 상스럽고 저속해진다. 그래서 애꾸눈 레예스에게 발길질을 해대는 것이다. 돈을 찾으려고 아무 서랍이나 열어 대기도 하고, 허리춤에 날 선 칼을 찬 채 보딩 홈 여기저기를 어슬렁거리기도 한다. 때로는 칼을 꺼내 정신 지체자 르네의 손에 쥐여 주고, 애꾸눈 레예스를 지목하며 〈저 영감탱이를 찔러 버려!〉 하고 말하기도 한다. 그런 다음 〈목을 찌르라고, 제일 연약한 부위니까〉라며 설명을 덧붙이기도 한다. 정신 지체자 르네는 굼뜬 손으로 칼을 쥐고 애꾸눈 늙은이 위로 올라탄다. 하지만 아무리 찔러 대도 칼이 그 노인의 몸을 깊숙이 파고 들어간 적은 단 한 번도 없는데, 애시당초 그럴 만한 힘이 없어서다. 그러면 아르세니오는 르네를 식탁 앞에 앉힌다. 그러고는 빈 맥주 캔을 하나 가져와 칼로 그 가운데를 깊숙이 찌르는 거다. 「이렇게 찌르는 거야!」 그는 르네에게 설명한다. 「이렇게 하고, 이렇게 해서, 이렇게!」 맥주 캔에 완전히 구멍이 날 때까지 칼로 쑤셔 댄다. 그런 다음 다시 허리춤에 칼을 차고 애꾸눈 영감의 엉덩짝에 발길질을 냅다 하고는, 맥주를 마시러 다시 쿠르벨로 씨의 책상으로 가 앉는다. 그러고는 큰소리로 부른다. 「힐다!」 그러자 오줌 냄새를 풍기는 노파 힐다가 온다. 아르세니오는 옷 위로 힐다의 음부를 애무하고는 말한다. 「오늘은 거기를 좀 씻도록 해!」

「꺼져, 이 자식아!」 화가 난 힐다가 그에게 대든다. 그러면 아르세니오는 깔깔대기 시작한다. 그의 입속은 이 보딩 홈에 기거하는 모든 이들의 입속처럼 온통 썩은 이 천지다. 땀투성이의 떡 벌어진 몸통에는 가슴에서 배꼽까지 흉터가 나 있다. 절도로 형량을 받고 수감 중이던 5년 전, 칼에 찔려 입은 상처다. 쿠르벨로 씨는 그에게 고작 주당 70페소를 지불할 뿐이다. 하지만 아르세니오는 그것으로 만족한다. 그는 가족도, 직업도, 삶의 열망도 없지만 이곳 보딩 홈에서는 그가 보스다. 그에게는 그것이 전부다. 아르세니오로서는 어딘가에서 모든 것이 다 완벽하다고 느끼기는 난생처음이다. 게다가 쿠르벨로가 자신을 절대로 해고하지 못할 거라는 것도 안다. 그는 이렇게 외치곤 한다. 「나는 쿠르벨로에게 완전히 안성맞춤인 사람이지. 나 같은 사람이 또 어디 있겠어.」 그런데 그것은 사실이다. 쿠르벨로는 온 미국을 통틀어 주당 70페소에 아르세니오와 같은 비서를 구하지는 못할 것이다. 암, 그런 사람을 구하지는 못할 것이다.

나는 잠에서 깼다. 낡은 안락의자에 앉아 있던 그대로 잠이 들었는데, 7시쯤 잠에서 깬 것이다. 꿈을 꿨는데, 꿈속에서 나는 바위에 묶여 있었고, 내 손톱은 고행하는 수도자의 손톱처럼 누렇고 길었다. 사람들은 나를 벌주고자 바위에 묶어 놓았지만, 나는 세상의 온갖 짐승들을 지배하고 있었다. 「문어들이여!」 내가 소리쳤다. 「자유의 여신상이 새겨진 바닷조개를 찾아서 내게 가져오라!」 그러자 거대하고 물컹물컹한 문어들이 바닷속 수백, 수천만의 조개들 사이에서 그 조개를 찾느라 온몸의 촉수를 세우고 열성을 다해 움직였다. 마침내 그들은 그 조개를 발견했고, 내가 형벌을 받고 있는 바위 위로 힘겹게 건져 올려서는, 깊은 존경심과 겸허함을 담아서 내게 바쳤다. 나는 그 조개를 쳐다보고는 껄껄 웃었고, 지독히 경멸스럽다는 듯 저 멀리 허공으로 휙 던져 버렸다. 문어들은 잔혹한 나의 모습에 수정처럼 굵은 눈물을 뚝뚝 흘리며 울었다. 하지만 나는 문어들의 눈물에 오히려 웃음이 났고, 무시무시한 목소리로 외쳤다. 「이 조개와 똑같은 또 다른 조개를 내게 가져오라!」

아침 8시이다. 아침밥을 줘야 할 아르세니오는 아직도 일어나지 않았다. 배고픈 미친놈들이 텔레비전이 있는 거실로 삼삼오오 모여든다.

「세니오……!」 정신 지체자 페페가 소리친다. 「아침바압! 아침바압! 아침바압은 언제 줄 거야?」

하지만 아직도 술에 절어 있는 아르세니오는 방에 대자로 뻗어 코를 드르렁대고 있다. 한 미친놈이 텔레비전을 켠다. 목사가 나와서 하느님에 대해 얘기한다. 예루살렘에 있었단다. 겟세마네 동산에 가보았다고도 한다. 텔레비전에는 주님이 거닐었다는 장소들의 사진이 나온다. 요르단 강 사진도 나왔는데, 목사는 그 물의 깨끗함과 부드러움은 결코 잊을 수 없을 거라 말한다. 「그곳에 가보았습니다.」 그가 말한다. 「2천 년이 지났건만, 우리 주 예수 그리스도의 진정한 살아 계심을 저는 분명히 느낄 수 있었습니다.」 그러더니 목사가 흐느끼기 시작한다. 그의 목소리가 고통으로 차오른다. 〈할렐루야!〉라고 외친다. 미친놈이 채널을 바꾼다. 이번에는 라티노 채널을 튼다. 국제 정치에 대해 말하는 쿠바인 논평가가 나온다.

「미국은 강경책을 써야 합니다.」 그가 말한다. 「공산주의가 지금 우리 사회 곳곳에 침투하고 있어요. 대학에도, 신문에도, 지식인 사회에도 말입니다. 위대했던 아이젠하워 시대로 돌아가야만 합니다.」

「옳지, 바로 그거야!」 내 옆에 있던 에디라는 미친놈이 맞장구를 친다. 「미국은 과감하게 그 새끼들을 싹 쓸어버려야 한다고. 제일 먼저 멕시코를 뭉개 버려야 해. 거기야 말로 온통 빨갱이 천지니까. 그다음엔 파나마, 또 그다음엔 니카라과. 빨갱이가 한 놈이라도 있는 데는 어디든 가서, 목을 매달아 죽여 버려야 해. 공산주의자 놈들이 내게서 모든 걸 빼앗아 갔다고. 모든 걸!」

「에디, 자네에게선 뭘 빼앗았지?」 산송장의 귀부인 이다가 묻는다.

「망고랑 사탕수수랑 코코넛을 심어 놓은 땅 120평을 죄다 몰수했다고. 몽땅 말이야!」 에디가 대답한다.

「내 남편에게선 아바나에 있는 호텔 한 채랑 집 여섯 채를 몽땅 몰수해 갔어.」 이다가 말한다. 「아, 그리고 약국 세 개하고, 양말 공장 하나, 그리고 식당까지.」

「이런 개새끼들!」 에디가 말한다. 「그러니까 미국이 그 새끼들을 싹 다 쓸어버려야 한다고! 원자 폭탄을 한 대여섯 개쯤 떨어뜨려야 해! 싹 다 쓸어버려야 한다고!」

에디가 부들부들 떨기 시작한다.

「쓸어버려야 해!」 그가 외친다. 「쓸어버려야 한다고!」

그가 몸을 심하게 떤다. 너무 심하게 떠는 통에 의자에서 고꾸라진 그는 바닥에 나뒹굴면서도 계속 떤다.

「쓸어버려야 한다고!」 그가 바닥을 뒹굴면서 외친다.

그때 이다가 소리쳤다.

「아르세니오! 에디가 발작을 일으켰어!」

하지만 아르세니오는 여전히 묵묵부답이다. 그때 늘 조용한 미친놈 피노가 세면대로 가더니 물 한 컵을 들고 와서 에디의 얼굴에 휙 끼얹는다.

「이제 괜찮아.」 이다가 말한다. 「이제 괜찮아. 이봐들, 그 텔레비전 좀 꺼버려.」

난 텔레비전을 끈다. 그리고 자리에서 일어난다. 오줌을 누러 화장실로 간다. 변기는 누군가가 침대보를 잔뜩 쑤셔 박아 놓아 막혀 있다. 나는 그 침대보 위에 오줌을 눈다. 그리고 세면대 위에 놓여 있는 비누로 세수를 한다. 물기를 닦으러 방으로 간다. 방에는 밤마다 피자집에서 일하는 미친놈이 돈을 세고 있다.

「6페소 벌었어요.」 그가 지갑에 돈을 넣으며 말한다. 「피자랑 코카콜라도 주더라고요.」

「잘됐네.」 나는 수건으로 얼굴을 닦으며 말한다.

그때 갑자기 문이 휙 열리더니 아르세니오가 나타난다. 지금 막 잠자리에서 일어난 것이다. 머리는 삐죽삐죽 산발이고, 퉁퉁 부은 눈에는 눈곱이 덕지덕지하다.

「이봐, 3페소만 줘봐.」 그가 미친놈에게 말한다.

「왜요?」

「걱정 마. 곧 갚을 테니까.」

「한 번도 안 갚았으면서.」 미친놈이 어린애 같은 목소리로 툴툴거린다. 「가져가고, 또 가져가고, 계속 가져가기만 하지, 한 번도 안 갚았잖아요.」

「3페소만 달라니까.」 아르세니오가 또다시 우긴다.

「싫어요.」

아르세니오는 그에게 다가가, 한 손으로는 멱살을 움켜잡고, 다른 손으로는 호주머니를 뒤진다. 지갑이 손에 잡힌다. 거기서 4페소를 집고, 나머지 2페소는 침대 위로 던진다. 그러고는 뒤돌아 나를 보며 말한다.

「자네가 여기서 본 거 쿠르벨로에게 전부 다 일러바치고 싶으면 그렇게 하셔. 그런데 말이지, 내가 이긴다는 쪽에 10페소를 걸지.」

그는 문을 닫지도 않고 방에서 나가더니, 복도에서 냅다 소리친다.

「아침 먹어!」

그러자 모든 미친놈들이 무리 지어 뒤따라 나와 식당의 식탁으로 향한다.

그때, 피자집에서 일하는 미친놈은 자기에게 남은 2페소를 챙겨 든다. 싱글벙글 웃더니 신나서 소리친다.

「나도 아침 먹어야지! 정말 다행이야! 너무 배고팠다고.」

그도 방에서 나간다. 나는 얼굴의 물기를 마저 닦는다. 뿌옇게 얼룩진 내 방 거울에 비친 내 모습을 바라본다. 15년 전만 해도 꽤 괜찮은 얼굴이었는데. 따르는 여자도 꽤 많았는데. 잘난 얼굴을 바짝 치켜들고 여기저기 쏘다니곤 했건만. 지금은……. 지금은…….

나도 영국 시인들의 시선집을 집어 들고 아침밥을 먹으러 나간다.

아르세니오가 아침 식사를 나눠 주고 있다. 찬 우유

다. 미친놈들은 콘플레이크가 없다고 투덜댄다.

「불평들은 쿠르벨로에게나 하셔.」 아르세니오가 아랑곳하지 않고 말한다. 그러고는 우유병을 들어 건성으로 컵들을 채운다. 우유의 반은 바닥에 흘린다. 나는 따라 준 우유를 그 자리에 서서 단번에 들이켠다. 나는 식당에서 나간다. 도로 거실로 가서 낡은 안락의자에 앉는다. 아니, 그 전에 먼저 텔레비전을 켠다. 마이애미 여자들에게 사랑받는 〈퓨마〉[4]라는 별명의 유명한 남자 가수가 나온다. 퓨마는 허리를 빙빙 돌린다. 노래를 부른다. 「파이팅, 파이팅, 자유여, 파이팅!」 여성 관중들이 흥분으로 바짝 달아오른다. 여자들이 그에게 꽃을 던지기 시작한다. 퓨마는 훨씬 더 세차게 엉덩이를 흔들어 댄다. 「파이팅, 파이팅, 자유여, 파이팅!」 마이애미 여자들의 심장을 요동치게 만드는 남자들 중 하나가 바로 이 퓨마다. 똑같은 여자들이건만, 그녀들은 나란 놈에게는 아예 눈길 한 번 주지 않는다. 혹시나 내가 그녀들의 눈에 띄었다면, 그건 나

---

4 *El Puma*. 베네수엘라 출신의 가수이자 배우인 호세 루이스 로드리게스 José Luis Rodríguez(1943~)의 별칭.

란 작자에게 강도를 당할까 봐 두려워 지갑을 꽉 움켜쥐려고, 혹은 나란 작자가 무서워서 발걸음을 서두르고자 그런 것일 뿐이다. 〈퓨마〉. 나는 꼼짝 않고 그를 쳐다보고 있다. 그는 조이스가 누군지도 모를 것이고, 조이스에 관심조차 없을 것이다. 콜리지를 읽기는커녕 읽을 필요조차 느끼지 못할 것이다. 칼 마르크스의 『루이 보나파르트의 브뤼메르 18일』 같은 건 전혀 공부하지도 않을 것이다. 절박한 심정으로 가슴에 이데올로기를 품는다거나, 그 이데올로기에 배신감을 느끼는 일도 결코 없을 것이다. 자신이 굳게 믿어 온 이념 앞에서 심장이 갈기갈기 찢기는 일도 절대 없을 것이다. 러시아 혁명가 루나차르스끼, 불가닌, 뜨로쯔끼, 까메네프, 지노비예프가 누구였는지도 전혀 알지 못할 것이다. 혁명의 일원이 되는 기쁨은 물론, 혁명에 잠식당하는 고뇌도 경험하지 못할 것이다. 조직이란 것이 무엇인지도 결코 알지 못할 것이다. 정말 결코 알지 못할 것이다.

  느닷없이 현관에서 한바탕 소동이 벌어진다. 탁자들은 다 쓰러지고, 의자들도 다 박살 나며, 미친 코끼리가 쿵 들이받은 듯 철망으로 된 벽이 심하게 흔들린다. 나는 그쪽으로 달려간다. 정신 지체자 르네와 페페였다. 땅콩버터를 바른 빵 한 조각을 놓고 서로 싸우고 있다. 이건 원시 시대의 결투다. 디노사우루스 대 매머드의 결투. 문어 다리같이 우람하고 굼뜬 페페의 양팔은 르네의 몸통을 막무가내로 가격한다. 르네는 매 발톱처럼 기다란 손톱을 세워 상대의 얼굴을 세게 할퀸다. 입에 거품을 물고, 코피를 쏟으며, 서로의 목덜미를 부여잡고 한데 뒤엉켜 바닥에 나뒹군다. 아무도 끼어들지 않는다. 늘 침묵으로 일관하는 피노는 눈썹 하나 까딱 않고 저 멀리 지평선만 바라본다. 쭈그렁 노파 힐다는 혹시나 바닥에 담배꽁초가 떨어져 있나 싶어서 이리저리 서성이고 있다. 애꾸눈 레예스는 물 한 잔을 마치 하이볼인 양 음미하며 한 모금 한 모금 마시고 있다. 미국인 루이는 때가 되면 천국이 도래한다고 설파하는 여호와의 증인 잡지를 뒤적이고 있다. 아르세니오는 부엌에서 이 싸움을 지켜보며 태연자약하게 담배를 피우고 있다. 나는 다시 내 자리로 돌아온다. 영국 시인들의 시선집을 편다. 바이런 경의 시이다.

나의 하루하루는 노랗게 빛바랜 잎사귀
사랑의 꽃과 열매는 모두 다 시들어 버리네,
구더기와 벌레 먹은 몸, 그리고 큰 슬픔만이
홀로 내 것으로 남았네!

나는 이제 그만 읽는다. 머리를 젖혀 안락의자에 기대고 두 눈을 감는다.

쿠르벨로 씨가 조그만 회색 자가용을 타고 아침 10시에 도착했다. 기분이 굉장히 좋아 보였다. 미친놈들에게 음식을 나눠 주는 물라타 카리다드는 원장의 환심을 사려고 오늘따라 젊고 품위 있어 보인다며 잔뜩 치켜세운다.
「내가 4등을 했거든.」 쿠르벨로가 말한다. 그가 계속해서 설명한다.
「스쿠버 낚시에서 말이야. 바로 이 몸이 4등을 했단 말이지. 18킬로그램 정도 나가는 큼직한 상어를 두 놈이나 잡았다고.」

「와우!」 물라타 카리다드가 빙긋이 웃는다.

쿠르벨로 씨가 보딩 홈으로 들어온다. 이내 모든 미친놈들이 담배를 달라며 그에게 다가간다. 쿠르벨로 씨는 팰맬 한 갑을 꺼내 모두에게 한 개비씩 나눠 준다. 그는 어느 누구의 얼굴도 쳐다보지 않는다. 아침에 아르세니오가 우유를 나눠 줄 때처럼 짜증스럽게, 재빨리, 신속하게 담배를 나눠 줄 뿐이다. 이로써 미친놈들은 오늘의 첫 담배를 피운다. 쿠르벨로 씨는 매일매일 담배 한 갑을 사 와서는 아침에 도착하자마자 사람들에게 나눠 준다. 그가 좋은 사람이라서? 그런 건 전혀 아니다. 미국 정부의 법을 따르자면, 쿠르벨로 씨는 매달 미친놈 한 명당 담뱃값 및 그 밖의 자잘한 물품 비용으로 38페소씩 지급해야만 한다. 하지만 그는 그 돈을 주지 않는다. 그 대신 매일매일 모두 함께 나눠 피울 담배 한 갑을 사는데, 담배는 미친놈들이 절망의 최전선에 이르지 않도록 하는 최소한의 필수품인 것이다. 쿠르벨로 씨는 이런 식으로 미친놈들로부터 매달 7백 페소 이상의 돈을 가로챈다. 미친놈들 모두 그 사실을 알고 있지만, 그 돈에 대해 항의하기에는 무능한 자들이다. 거리는 힘겹다……

「쿠르벨로 씨.」 나는 그의 이름을 부르며 다가간다.

「지금은 자네를 챙길 수 없네.」 그는 약장 문을 열며 대답한다.

「누가 제 텔레비전을 훔쳐 갔어요.」 내가 말한다.

그는 나를 무시한다. 서랍을 열고 10여 개의 약병을 꺼내 책상 위에 올려놓는다. 내 것을 찾는다. 멜레릴정 1백 밀리그램. 한 알을 집는다.

「입 벌려.」 그가 말한다.

나는 입을 벌린다. 그는 입속으로 알약을 던진다.

「삼켜.」 그가 말한다.

약을 삼키고 있는 내 모습을 아르세니오가 쳐다본다. 그가 웃는다. 나도 그를 뚫어져라 쳐다보니, 그는 입에 담배를 물어 웃음을 감춘다. 더 확인할 것도 없다. 텔레비전을 훔쳐 간 놈이 바로 아르세니오였다는 것을 나는 아주 잘 알고 있다. 물론 쿠르벨로 앞에서 불평하는 것은 아무 소용 없다는 것 또한 아주 잘 알고 있다. 죄지었다는 놈은 절대 나타나지 않을 것이다. 나는 돌아서서 현관 쪽으로 간다. 바로 그 순간, 애꾸눈 늙은이 레예스가 작고 쪼글쪼글한 음경을 꺼내 바닥에 오줌을 누기 시작한다. 국제 정치에 정통한 미친놈 에디가 자리에서 벌떡 일어나더니 레예스에게 다가가 등짝을 매섭게 후려갈긴다.

「역겨워!」 에디가 말한다. 「언젠간 너를 죽여 버리고 말 거야.」

애꾸눈 늙은이가 뒷걸음질을 친다. 벌벌 떨면서도 오줌을 계속 싼다. 그리고 나선 음경을 바지에 채 넣지도 못한 채 의자에 풀썩 주저앉더니, 바닥에 놔뒀던 물컵을 집어 든다. 마티니라도 마시듯 물을 홀짝인다.

「아!」 그가 만족스러운 탄성을 지른다.

나는 현관을 나선다. 승자들이 활보하는 거리로 나선다. 빠른 속도로 내달리는 커다란 자동차들이 거리에 즐비하다. 나 같은 방랑자가 기웃대지 못하게 두껍고 불투명한 통유리로 막아 놓은 쇼윈도들의 거리다. 내가 막 카페테리아 앞을 지나는데, 누군가 나를 향해 크게 소리친다.

「미친놈!」

나는 황급히 뒤돌아본다. 하지만 아무도 나를 보고 있지 않다. 손님들은 그저 조용히 음료를 마시거나 담배를 사거나 신문을 넘기고 있다. 나는 곧 내가 들은 목소리가 15년 전부터 내 귓가를 맴돌고 있는 바로 그 목소리라는 사실을 깨닫는다. 쉼 없이 날 욕하는 이 망할 놈의 목소리. 낯선 곳에서, 하지만 아주 가까이서 들려오는 바로 그 목소리. 목소리. 나는 전진한다. 북쪽으로 갈까? 아니, 남쪽으로? 어느 쪽이건 무슨 상관이람! 나는 전진한다. 계속 전진하는데, 쇼윈도에 비친 내 몸뚱이가 보인다. 내 몸뚱이 전부가. 일그러진 입. 더러운 싸구려 옷. 나는 계속 전진한다. 길모퉁이에서 여호와의 증인 여신도 두 명이 잡지 『깨어라』를 팔고 있다. 길을 오가는 모든 이에게 접근하건만, 내게는 아무 말도 걸지 않고 그냥 지나가게 내버려 둔다. 여호와의 왕국도 나처럼 비천한 인간들에게는 왕국이 되어 주지 않는다. 나는 계속 전진한다. 등 뒤에서 누군가 웃었고, 나는 또다시 화가 치밀어 뒤를 돌아본다. 나를 보고 웃은 게 아니었다. 한 늙은 여자가 갓난아기의 탄생을 축하하는 것이었다. 오, 맙소사! 나는 다시 걷는다. 뿌옇고 탁한 물이 흐르는 강 위에 놓인 엄청나게 긴 다리에 다다른다. 쉬려고 난간에 몸을 기댄다. 승자들의 자동차들이 속도를 내며 쌩쌩 지나간다. 라디오 볼륨을 최고로 높이고 지나가는 몇몇 자동차에서 록 음악이 울려 퍼진다.

「어디, 록에 대해 한번 지껄여 보시지!」 나는 자동차들을 향해 고래고래 고함을 친다. 「나 말이야, 셔츠 주머니에 척 베리[5] 사진을 품고 이 나라에 온 사람이라고!」

나는 전진한다. 회색빛 건물로 빽빽한 〈다운타운〉이라 불리는 곳에 도착한다. 일을 하다가 핫도그와 코카콜라를 먹으려고 잠시 나온, 우아하게 잘 차려입은 백인과 흑인들이 있다. 나는 너덜너덜한 체크무늬 셔츠와 엉덩이 부분이 축 늘어진 바지를 창피해하며 그들 사이를 계속 걸어간다. 결국 포르노 잡지를 파는 가게로 들어간다. 잡지 진열대로 가서 한 권을 집어 든다. 책장을 넘긴다. 내 물건이 조금 단단해지는 느낌이 들자, 발기를 감추려 바닥에 쭈그려 앉는다. 오, 맙

---

5 Chuck Berry(1926~). 로큰롤의 창시자로 불리는 미국의 기타리스트이자 가수이자 작곡가.

소사! 여자들이다. 상상할 수 있는 온갖 포즈를 취한 벌거벗은 여자들. 백만장자들의 아름다운 여자들. 잡지를 덮고 홍분이 가실 때까지 잠시 기다린다. 홍분이 가라앉고 나서야 나는 다시 몸을 일으켜, 잡지를 제자리에 꽂은 다음 거기서 나온다. 전진한다. 다운타운의 중심부까지 전진한다. 지쳐서 발걸음을 멈추고서야 이제 그만 보딩 홈에 돌아갈 시간임을 깨닫는다.

나는 보딩 홈에 도착해, 현관문으로 들어가려 한다. 그런데 닫혀 있다. 호세피나라 불리는 가정부가 집 청소를 하는 바람에 미친놈들은 모두 현관 베란다 쪽으로 쫓겨나 있다.

「모두 다 밖으로들 나가셔!」 호세피나가 비질을 해대며 사람들을 모두 밖으로 몰아낸다. 그러자 미친놈들은 반항도 않고 베란다의 의자로 가서 자리를 잡고 앉는다. 시커먼 철망으로 둘러싸인 어두컴컴한 베란다인데, 그 한가운데에는 언제나 흥건한 오줌 웅덩이가 있다. 앙상한 가슴팍과 백발의 머리통을 아무리 패도, 남부끄러운 줄 모르고 아무 데나 오줌을 갈겨 대는 애꾸눈 레예스의 흔적이다. 뒤돌아선 나는 코를 찌르는 오줌 지린내를 맡으며 베란다의 의자로 가서 앉는다. 호주머니에서 영국 낭만주의 시인들의 시선집을 꺼낸다. 하지만 읽지는 않는다. 그저 겉표지만 쳐다본다. 아름다운 책이다. 두툼하다. 제본도 잘 되어 있다. 〈네그로〉[6]가 뉴욕에 다녀오면서 내게 선물한 책이다. 12페소 주고 샀단다. 책 속에 그려진 여러 삽화들을 쭉 넘겨 본다. 그러다가, 그중에 사무엘 콜리지의 얼굴을 다시 본다. 존 키츠의 얼굴도 다시 보았는데, 그는 1817년에 다음과 같은 질문을 던졌다.

아! 어찌 그대는 가녀린 영혼을 위협하는가?
이미 죽음의 문턱에 이른 가엾고 연약하고 마비된 영혼,
그대의 마지막을 알리는 종소리는 자정이 오기 전에 울리리니.

---

[6] *El Negro*. 쿠바 출신의 시인 에스테반 루이스 카르데나스Esteban Luis Cárdenas(1945~)의 별칭. 스페인어로 〈흑인〉을 낮잡아 부르는 말이다.

그때 산송장의 귀부인 이다가 의자에서 일어나 내 옆으로 온다.

「책을 읽나?」 그녀가 내게 묻는다.

「가끔요.」 내가 대답한다.

「아!」 그녀가 말한다. 「예전에 쿠바에서 살 때는 나도 많이 읽었지. 특히 연애 소설을 즐겨 읽었어.」

「아!」

그녀를 바라본다. 보딩 홈의 다른 사람들이 입은 옷에 비하면 그녀는 비교적 잘 차려입었다. 비록 몸은 늙었지만, 깨끗함을 유지하고 있을뿐더러 향수 냄새도 은은하게 풍긴다. 그녀는 자기 권리를 주장할 줄 아는 사람들 가운데 하나였기에, 자신에게 다달이 지급되어야 할 38페소에 대해 쿠르벨로 씨에게 항의하기도 한다.

내가 젊은 공산주의자였던 시절, 그녀는 쿠바에 사는 부르주아 여성이었다. 지금은 공산주의자와 부르주아가 같은 곳에 있다. 역사가 그 둘에게 똑같이 부과한 자리, 바로 이곳, 보딩 홈.

나는 영국 낭만주의 시인들의 시선집을 펼쳐 윌리

엄 블레이크의 시 한 편을 읽는다.

어린 양이여, 누가 너를 만들었지?
누가 너를 만들었는지 너는 아니?
누가 네게 생명을 주고 시냇가와
풀밭에서 풀을 뜯게 해주었지?

나는 책을 덮는다. 쿠르벨로 씨가 현관문 사이로 얼굴을 빠끔히 내밀더니 내게 손짓을 한다. 나는 그에게 간다. 한 남자가 쿠르벨로 씨의 책상 앞에서 쿠르벨로 씨와 나를 기다리고 있다. 그 남자는 말쑥하게 잘 차려입고, 머리를 가지런히 빗어 넘기고, 두툼한 금 목걸이와 커다란 손목시계를 차고 있다. 멋들어진 옅은 색 안경을 쓰고 있다.

「이분은 정신과 의사시라네.」 쿠르벨로 씨가 말한다. 「문제가 있다면 모두 이분에게 말하게.」

난 쿠르벨로가 가져온 의자에 앉는다. 의사는 서류철에서 종이를 한 장 꺼낸 다음 만년필로 써나가기 시작한다. 쓰면서 내게 질문한다.

「자, 윌리엄. 어디 불편한 데 있나요?」

나는 대답하지 않는다.

「어디 불편한 데 있어요?」 그가 또다시 묻는다.

난 한숨을 내쉰다. 언제나 똑같은, 참 거지 같은 질문이다.

「목소리들이 들려요.」 내가 말한다.

「그리고 또요?」

「벽에 달라붙어 있는 귀신들도 보이고요.」

「흠!」 그가 말한다. 「그 귀신들과 얘기도 나누나요?」

「아니요.」

「그리고 또 어떻습니까?」

「너무 피곤해요.」

「음!」

그는 한참 써 내려간다. 쓰고, 쓰고, 또 쓴다. 색안경을 벗고 나를 쳐다본다. 그의 눈에 나에 대한 관심 따윈 손톱만큼도 없다.

「윌리엄, 몇 살이죠?」

「서른여덟 살입니다.」

「음.」

그가 내 옷을, 그리고 내 신발을 쳐다본다.

「오늘 무슨 요일인지 알아요?」

「오늘요?」 나는 기분이 상해서 말한다. 「금요일요.」

「금요일, 그리고 또?」

「금요일이고……. 14일.」

「몇 월이죠?」

「8월요.」

그는 다시 쓰기 시작한다. 그러면서 무심하게 말한다. 「오늘은 9월 23일, 월요일입니다.」

그는 조금 더 적는다.

「오케이, 윌리엄. 이제 다 됐습니다.」

나는 일어나 현관으로 다시 간다. 거기서 반가운 손님이 나를 기다리고 있다. 저 멀리 마이애미비치에서 나를 만나러 온 네그로이다. 인사 대신 한 손에 들고 있던 책을 내게 건넨다. 헨리 밀러의 『암살자들의 시간』이다.

「자네를 망칠까 봐 겁이 나는군그래.」 그가 말한다.

「제기랄, 헛소린 이제 그만 집어치우게.」 내가 대답한다.

나는 네그로의 팔을 붙잡아 보딩 홈 주차장에 세워진 고물 자동차로 데려간다. 쿠르벨로 씨 소유의 50년대 자동차이다. 이 차는 어느 날 영원히 작동을 멈춰 버렸다. 그래서 쿠르벨로 씨는 미친놈들과 함께 서서히 종말을 고하라며 이 차를 보딩 홈 차고에 그냥 버려둔 것이다. 우리는 녹슨 용수철과 더러운 시트가 울룩불룩한 자동차 뒷좌석에 나란히 앉는다.

「뭐 새로운 일 좀 있나?」 나는 조바심을 내며 네그로에게 묻는다. 그는 사회와 이어진 단 하나뿐인 내 연줄이다. 그는 쿠바 지성인들의 모임에 가고, 정치를 논하며, 신문을 읽고, 텔레비전을 시청한다. 그러고는 매주 혹은 두 주에 한 번씩은 내게 세상 돌아가는 이런저런 중요한 얘기들을 들려주고자 이곳에 온다.

「모든 게 그대로야.」 네그로가 말한다. 「모든 게 다 그대로야……」 그러더니 느닷없이, 「아, 맞다, 트루먼 커포티[7]가 죽었어.」

「알고 있네.」

---

7 Truman Capote(1924~1984). 미국의 소설가이자 극작가. 영화로 제작된 장편 소설 『티파니에서 아침을』로 유명하다.

「그거 말곤 별다른 얘기가 없어.」 네그로가 말한다. 주머니에서 신문을 꺼내 내게 준다. 망명한 쿠바 젊은이들이 만든 잡지 『마리엘』이다.

「여기 내 시가 한편 실렸다네.」 네그로가 말한다. 「6페이지야.」

나는 6페이지를 펴서 그 시를 찾는다. 〈악마의 눈에는 항상 빛이 있다〉라는 제목의 시다. 나는 생존 페르스[8]가 떠오른다. 네그로에게 그렇게 말한다. 그를 치켜세운다.

「〈비〉가 연상되는군.」 내가 말한다.

「나도 그래.」 네그로가 말한다. 그러더니 나를 쳐다본다. 나의 옷, 구두, 더럽고 헝클어진 머리칼을 살펴본다.

「윌리, 자네.」 그때 그가 말한다. 「몸 생각을 좀 더 해야겠어.」

「자네 보기에도, 나 너무나 망가졌지?」

「아직 뭐 그 정도는 아닌데.」 그가 말한다. 「하지만

---

8 Saint-John Perse(1887~1975). 1960년 노벨 문학상을 수상한 프랑스의 시인이자 외교관.

더 나빠지지 않도록 노력하게나.」

「그러지.」 내가 대답한다.

네그로는 내 무릎을 한 대 툭 친다. 이제 그만 가겠다는 뜻이다. 반쯤 핀 말보로 갑을 꺼내 내게 건넨다. 그리고 1페소를 꺼내더니 그것도 준다.

「이게 내가 가진 전부라네.」

「알아.」

우리는 차에서 내린다. 미친놈 하나가 우리에게 담배 한 개비를 달라며 다가온다. 네그로가 그에게 한 개비를 건넨다.

「굿바이, 닥터 지바고!」 그가 내게 웃으며 작별 인사를 한다. 뒤돌아 간다.

나는 다시 현관으로 돌아온다. 문 안으로 막 들어서려는 순간, 식당 쪽에서 누군가가 나를 부른다. 보딩홈의 2인자 아르세니오다. 웃통을 벗은 채 식탁 밑에 맥주 캔을 감추고 있다. 오늘 방문한 정신과 의사에게 술 마시는 모습을 들키는 것은 그리 좋은 일이 못 되니까.

「이리 와봐.」 그가 내게 의자 하나를 가리키며 말

한다.

　나는 식당으로 들어간다. 그와 나 말고 식당에는 아무도 없다. 내가 들고 있는 책들을 보더니 웃기 시작한다.

　「이봐······.」 그가 캔 맥주를 홀짝이며 말한다. 「난 이미 자네를 아주 샅샅이 관찰했지.」

　「그래? 그래서 어떤 결론에 도달했지?」

　「자네가 미치지 않았다는 결론.」 그가 연신 싱글대며 말한다.

　「그런 자네는, 대체 어느 대학 어느 신경 정신과에서 공부한 거야?」 나는 욱하고 화가 치밀어서 묻는다.

　「아무 데서도.」 그가 대답한다. 「내가 아는 건 그저 길거리 심리학이라고 할 수 있지. 다시 말하는데, 자네 말이야! 자넨 미치지 않았어. 어디 한번 보자고······.」 그러더니 이렇게 말한다. 「이 담배를 집어서 혓바닥을 한번 지져 봐.」

　그의 개소리가 역겹다. 그의 거무죽죽한 몸뚱이에는 가슴팍부터 배꼽까지 커다란 흉터가 나 있다.

　「알겠나?」 그가 맥주 한 모금을 꿀깍 넘기며 말한

다.「자네가 왜 미친 게 아닌지 이제 알겠나?」

그러고는 충치로 가득 찬 입속을 내보이며 헤벌쭉 웃는다. 나는 거기서 나온다. 청소가 끝나서 이제 안으로 들어갈 수 있다. 미친놈들이 텔레비전을 보고 있다. 거실을 가로질러 비로소 내 방에 들어간다. 문을 확 닫는다. 화가 치밀어 오르는데, 도대체 왜 이런지 모르겠다. 피자집에서 일하는 미친놈이 톱으로 널빤지 자르는 소리를 내며 침대에서 드르렁거리며 자고 있다. 나는 더욱 화가 치민다. 그에게 다가가 엉덩짝을 냅다 걷어찬다. 그는 깜짝 놀라 잠에서 깨더니 구석으로 가 몸을 바짝 웅크린다.

「이 개자식아.」그에게 말한다.「코 좀 그만 골아!」

그가 공포로 벌벌 떠는 모습을 보자, 치밀어 오르던 화가 조금 누그러진다. 난 다시 침대에 걸터앉는다. 몸에서 퀴퀴한 냄새가 난다. 그래서 수건과 비누를 들고 욕실로 간다. 가고 있는데, 복도 귀퉁이에 몰래 오줌을 누고 있는 애꾸눈의 늙은이 레예스가 보인다. 나는 주위를 살핀다. 아무도 보이지 않는다. 나는 그에게 다가가 목덜미를 낚아채 올린다. 고환을 걷어찬다.

그의 머리를 벽에 찧는다.

「용서하게……. 용서해…….」 레예스가 빈다.

나는 혐오감에 사로잡혀 그를 쳐다본다. 이마에서 피가 흐른다. 그 모습을 보자 야릇한 희열이 느껴진다. 수건을 집어서 단단히 비튼 다음, 늙은이의 앙상한 가슴팍에 채찍질을 한다.

「자비를 좀…….」 레예스가 애원한다.

「오줌 좀 그만 싸라고!」 나는 분노에 차 소리친다.

복도로 얼굴을 돌리자, 바로 거기 아르세니오가 벽에 몸을 기대고 서 있다. 싱긋이 웃고 있다. 그는 구석에 맥주 캔을 내려놓고, 내게 수건을 잠깐 달라고 한다. 나는 그에게 수건을 건넨다. 그는 수건을 좀 더 단단히 비튼다. 그렇게 제대로 된 채찍을 만들더니, 온 힘을 다해 레예스의 등에 채찍질을 한다. 한 번, 두 번, 세 번, 늙은이가 오줌과 피와 땀으로 범벅이 되어 구석에 나뒹굴 때까지. 아르세니오는 내게 수건을 돌려준다. 그는 나를 보며 다시 싱긋이 미소 짓는다. 마시던 맥주 캔을 도로 집어 들고, 책상으로 가 앉는다. 쿠르벨로 씨는 떠났다. 이 시간 아르세니오는 다시 보딩 홈의 우두머리다.

 나는 욕실 쪽으로 가던 길을 간다. 욕실에 들어간다. 문을 잠그고 옷을 벗기 시작한다. 옷에서 악취가 난다. 양말에서 나는 냄새는 더 고약하다. 양말을 집어 드니 역겨운 진창 냄새가 코를 찔러, 그냥 쓰레기통에 확 처박아 버린다. 내가 가진 유일한 양말이었다. 이제부터 나는 양말을 신지 않고 도시를 걸어 다니게 될 거다.

 나는 샤워 부스에 들어가, 물을 틀고, 뜨거운 물줄기 사이로 몸을 디민다. 머리부터 몸통까지 물이 흘러 온몸을 적시는 동안 레예스의 모습이 떠올라 자꾸만 웃음이 난다. 매질을 당할 때 그가 지었던 표정, 그 앙상한 몸에 흐르던 전율, 용서를 빌며 애원하던 모습. 그런 모습들이 나를 유쾌하게 한다. 자기가 싼 오줌 위에 철퍼덕 자빠져서는 자비를 구하는 꼴이라니. 〈자비를 좀…….〉 그 모습을 떠올리는 순간, 내 몸이 환희에 차 전율한다. 나는 팬티를 때수건 삼아 온몸 구석구석에 비누칠을 한다. 그러고는 잘 헹궈 낸 다음 샤워기를 잠근다. 몸을 말린다. 벗어 둔 옷을 그대로 다시 입는다. 밖으로 나온다. 거실에서는 미친놈들이 여전히 텔레비전을 보고 있다. 수상기가 고장 난 바람에 텔레비전 화면은 빛과 색으로 온통 번져 있지만, 영상이 보이지 않는 건 그리 중요치 않은지, 모두가 계속 그 자리에 앉아 같은 화면만 응시하고 있다. 나는 내 방으로 가서 수건과 비누를 놔둔다. 그리고 머리를 빗으며 다시 거실 쪽으로 나간다. 미친놈들은 여전히 그곳에 꼼짝 않고 앉아 고장 난 텔레비전 화면을 쳐다보고 있다. 나는 수상기 앞에 무릎을 꿇고 앉아 그것을 고친다. 오후 6시 뉴스가 나온다. 낡은 안락의자에 앉아 다리를 쭉 펴 옆에 놓인 빈 의자에 올린다. 아나운서가 엘살바도르에서 죽은 10여 명의 게릴라들에 대해 뭐라고 말한다. 그 순간 국제 정세에 밝은 미친놈 에디가 제정신으로 돌아온다.

「옳거니!」 소리친다. 「공산주의자 열 놈이 뒈졌군! 1백 명이 죽어도 모자라지! 1천 명! 아니, 공산주의자 놈 1백만 명은 죽어 버려야 하고말고! 그 새끼들을 과감하게 싹 쓸어버려야 한다고. 먼저 멕시코. 그다음엔 파나마. 또 그다음엔 베네수엘라와 니카라과. 공산주의자 놈들이 득실대는 미국도 당연히 다 청소해 버려야 해. 그 새끼들이 나한테서 모든 걸 빼앗아 갔어! 모든 걸 말이야!」

「나도 그래.」 산송장의 귀부인 이다가 말한다. 「집 여섯 채와 약국 하나, 그리고 아파트 건물 한 채를 빼앗아 갔지.」

그러고는 이다가 늘 말없는 피노에게 고개를 돌려 질문한다.

「피노, 자네에게선 뭘 빼앗아 갔지?」

하지만 피노는 대답하지 않는다. 거리를 내다보며 눈 하나 깜짝 않고 계속 침묵한다.

그때 1백 살쯤 먹은 늙은이 카스타뇨가 거실에 나타난다. 벽에 몸을 의지해 걸어온 것이다. 그의 옷은, 애꾸눈 레예스나 노파 힐다가 입고 있는 옷처럼, 오줌에 절어 있다.

「죽고 싶어!」 카스타뇨가 소리친다. 「죽고 싶다고!」

두 명의 정신 지체자 중 나이가 적은 르네가 그의 목을 움켜잡아 거칠게 흔들고 엉덩이를 걷어차며 도로 방으로 데려간다.

「죽고 싶다고!」 늙은 카스타뇨의 고함 소리가 다시 들린다.

르네가 문을 휙 닫아 그의 아우성이 묻혀 버릴 때까지 고함 소리는 계속된다. 그 순간, 내 앞으로 네발 달린 샌드백처럼 단단하고 뚱뚱한 난쟁이 나폴레옹이 다가온다. 대자연은 난쟁이의 몸 위에 중세 기사의 얼굴을 빚어 놓았다. 그의 얼굴은 비극적일 만큼 아름답고, 크고 부리부리한 두 눈은 언제나 온전히 순종하겠다는 느낌으로 사람들을 바라본다. 그는 콜롬비아인이고, 말투 또한 복종하기 위해 태어난 사람처럼 순종적이다.

「나리, 나리…….」 그가 내게 말한다. 「저 사람이에요!」 그러면서 전직 권투 선수로 보이는 타토라는 미친놈을 가리킨다. 「저 사람이 나를 더듬었어요!」

「헛소리 집어치워.」 타토가 말한다.

「저 사람이 나를 더듬었다니까요.」 나폴레옹이 우긴다. 「어젯밤에 제 방으로 들어와서는 나를 막 더듬었다고요!」

나는 타토를 쳐다본다. 동성애자 같아 보이진 않는

다. 그래도 난쟁이의 말에 수치스러운지 진땀을 흘린다. 진땀을 흘린다. 진땀을 흘린다. 진땀을 흘린다. 진땀을 너무 흘려 3분 만에 그의 흰색 스웨터 속까지 훤히 들여다보인다.

「여기 있는 미친놈들 일에 상관하지 마!」 그가 내게 말한다. 「그랬다간 네놈도 여기서 미친놈으로 인생 종치게 될 테니.」

「날 더듬었다니까요!」 나폴레옹이 계속 우겨 댄다.

그러자 타토가 자리에서 벌떡 일어나더니, 별안간 알 수 없는 웃음을 지으며, 아무렇지도 않다는 듯 내게 말한다.

「그 당시 8라운드에 쓰러졌던 로키 마르시아노가 이거랑 똑같은 얘기를 듣자마자, 벌떡 일어나 조 월콕스를 한 방에 녹다운시켰지. 그러니까…… 삶이란 지랄 맞은 거라고!」

산송장 이다가 잔뜩 화가 나서 날 쳐다보며 말한다.

「눈으로 직접 봐야만 하는 거야! 귀로 직접 들어야만 하는 거고!」

텔레비전 뉴스가 끝난다. 나는 일어난다. 모두 밥

먹으러 오란다.

물라타 카리다드가 음식을 나눠 준다. 그녀는 쿠바에서 살던 시절 남편을 칼로 찌른 죄로 감옥살이를 했다. 지금은 보딩 홈 맞은편 집에서 새 남편과 함께 혈통 좋은 커다란 개 두 마리를 키우며 살고 있다. 그녀는 보딩 홈의 음식으로 개들을 먹여 살린다. 남은 음식을 주는 것이 아니라, 미친놈들에게 지급되는 하루분의 따뜻한 음식에서 빼돌리는 것이다. 미친놈들도 그 사실을 알지만 항의하지 않는다. 항의라도 한다면, 물라타 카리다드가 모두를 생지옥으로 보낼 것이 불 보듯 뻔하니까. 그래서 아무 일도 일어나지 않는다. 쿠르벨로 씨는 절대 알아채지 못한다. 설령 알아챈다 해도, 언제나 〈나는 내 직원들을 전적으로 신임하지, 그러니 그런 소리는 다 사실이 아니야〉라고 일축한다. 그래서 미친놈들은 또다시 상실감을 느끼고, 이곳에서 최선은 찍소리 않는 것임을 깨닫게 된다. 물라타 카리다드는 야채수프를 끓이는 일까지 자신이 매일 맡아 하면 좋겠다고 생각하는데, 그러면 그 대가로 쿠르벨로 씨로부터 30페소는 더 받을 수 있기 때문이다. 그래서 매일 미친놈들에게 말한다. 「불평들 좀 해요! 항의들도 좀 하고! 오늘 나온 완두콩 수프는 도저히 못 먹겠다고 말 좀 하라고요! 당신들, 정말로 바보 천치들이로군요!」

하지만 어떤 미친놈도 항의하지 않을뿐더러, 돈을 아끼려는 늙은 부르주아 쿠르벨로는 매일 뻔뻔하게 자기 손으로 직접 야채수프를 끓여 낸다.

「다른 자리로 옮기고 싶어요?」 식사 시간에 카리다드가 내게 묻는다.

「네.」

「그 구역질 나는 미친놈들이 싫죠?」

「싫어요.」

그녀는 〈이리 와서, 여기 앉아요.〉 하고 말하더니, 앉아 있던 난쟁이 나폴레옹을 한 대 후려쳐 일어나게 하고, 그 자리에 나를 대신 앉힌다. 그렇게 해서 나는 힐다, 레예스, 페페, 르네의 불가촉 천민 식탁에 더 이상 앉지 않게 되었다. 이제 나는 에디, 타토, 피노, 페드로, 이다 그리고 루이와 한 식탁에 앉는다. 그날 오후에는 밥과 익히지 않은 강낭콩, 양상추 이파리 세 장, 그리고 다진 고기 요리인 살피콘이 나왔다. 난 세 숟가락 정도 떠먹었는데, 네 숟가락째는 입에 넣자마자 접시에 그냥 뱉어 버렸다. 나는 식당에서 나왔다. 쿠르벨로 씨의 책상 옆을 지나는데, 거기 앉아 식사 중인 아르세니오가 보인다. 근처 싸구려 음식점에서 배달된 플라스틱 쟁반째 책상에 올려놓고 먹고 있다. 나이프와 포크를 써가며 먹고 있는데, 그의 음식은 노란 쌀밥, 돼지고기, 유카 열매, 그리고 빨간 토마토이다. 맥주도 있다.

「이봐.」그 옆을 막 지나가는 내게 그가 말을 건넨다.「거기 앉아 봐.」

나는 앉는다. 다 먹을 때까지 좀 기다리라는 손짓을 한다. 나는 기다린다. 그가 식사를 끝낸다. 남은 음식들을 쓱쓱 모아 배달 그릇과 함께 쓰레기통에 처박는다. 다 마신 맥주 캔도 버린다. 트림한다. 초점 잃은 눈으로 나를 쳐다본다. 담배 한 갑을 꺼내 내게 한 개비를 건넨다. 우리는 담배를 피운다. 그런 다음 그는 내게 말한다.

「좋아……. 단도직입적으로…… 여기서 내 조수가 되고 싶지 않나?」

「아니.」 내가 대답한다. 「관심 없어.」

「여기서 잘 지내게 될 텐데.」 그가 내게 주의를 주듯 말한다.

「흥미 없다고.」

「그래, 좋아. 친구로는 어때?」

「친구로야 뭐.」 내가 대답한다.

그가 내게 손을 내민다.

「난 그냥 나야. 마리화나를 피우고, 맥주를 마시고, 코카인도 좀 하고, 그래, 난 뭐든 하지! 하지만 나도 남자라고.」

「이해해.」 내가 말한다.

「나 말이지, 자네가 애꾸눈 영감탱이를 냅다 후려갈기는 것을 봤는데, 난 쥐똥만큼도 개의치 않아! 이제 자네한테도 똑같은 걸 기대해 볼까 해. 자네가 여기서 보게 될 내 짓거리는 전부 다 남자들끼리의 비밀로 묻어 두는 걸로 하자고. 알겠나?」

「알겠어.」

「마피아?」

「마피아.」

「좋아.」 그가 미소 짓는다.

나는 그 자리에서 일어난다. 방으로 간다. 침대에 눕는다. 지금 막 일어난 모든 일들이 역겹기만 하다. 애꾸눈 늙은이를 때렸던 것도 후회한다. 하지만 이미 늦었다. 이제 나는 목격자로 지내는 것을 관두고, 이 보딩 홈에서 일어나는 모든 일들의 공범이 되기 시작한 것이다.

나는 잠이 들었다. 넓은 대로를 벌거벗고 뛰어가다가, 아름다운 정원으로 둘러싸인 어느 집으로 들어가는 꿈을 꿨다. 쿠르벨로 씨의 집이었다. 문을 똑똑 두드리자, 그의 부인이 문을 열어 주었다. 탐스러운 여자였다. 그녀는 내가 자신을 껴안고 키스하게 그냥 내버려 두었다. 그녀가 내게 말했다. 「당신이 원하는 것을 내가 주겠어요. 내 이름은 네세시다드[9]랍니다.」

「그럼 당신을 〈네세사〉라고 부르겠소.」 내가 말했다. 그런 다음 큰 소리로 외쳤다. 「네세사!」

9 Necesidad. 스페인어로 〈필요〉, 〈필수품〉을 뜻한다.

그때 쿠르벨로가 회색 자가용을 타고 도착했다. 나는 정원을 통해 도망치려고 했는데 그만 팔을 붙잡혔다. 내 몸뚱이는 온통 흰색 비늘로 뒤덮여 있었다.

「여기다!」 쿠르벨로가 소리쳤다. 그러자 정원에 경찰차가 나타났다. 바로 그 순간, 잠에서 깼다.

밤 12시는 족히 되었을 것이다. 피자집에서 일하는 미친놈이 돼지 새끼처럼 코를 곤다. 나는 웃통을 벗은 채 거실 쪽으로 나간다. 아르세니오와 산송장의 귀부인 이다가 함께 거기에 있었다. 난 그들과 마주쳤다. 아르세니오는 이다의 무릎 사이로 손을 쑤셔 넣고 있다. 이다의 귓속에 혓바닥을 날름대고 있다. 이다는 저항한다. 그녀는 나를 보자 그에게 훨씬 더 거세게 저항한다. 난 그들 곁을 지나쳐 낡은 안락의자로 가서 앉는다.

「아르세니오……」 이다가 성난 목소리로 말한다. 「내일 쿠르벨로 씨에게 전부 다 일러바치겠어.」

아르세니오는 깔깔댄다. 이다의 축 늘어진 가슴을 주물럭댄다. 그러고는 그녀를 앞에서 꽉 끌어안는다.

「오, 이런 맙소사!」 이다가 말한다. 「내가 할망구라는 걸 모르겠어?」

「생선 중에 대구라고 있잖아, 그거랑 같은 이치지.」 아르세니오가 말한다. 「오래된 것일수록 맛은 더 좋으니까.」

그 순간 그가 나를 바라본다. 내가 지켜보고 있다는 것을 알고 그가 친근한 목소리로 말한다.

「마피아!」

「마피아.」 내가 말한다. 나는 담뱃불을 붙이고, 안락의자에 깊숙이 기대앉는다.

「좀 보내 줘, 아르세니오.」 이다가 간청한다. 하지만 아르세니오는 웃기만 한다. 늙은이의 치마 속으로 다시 손을 집어넣으려고 한다. 그가 그녀의 입술에 키스한다. 「제발…….」 이다가 애원한다.

「가게 두지.」 그때 내가 말한다. 「이제 그만 보내 줘.」

「마피아?」 아르세니오가 묻는다.

「그래, 나 자네 마피아 맞아. 근데, 이제 그만 그 가엾은 할멈을 좀 보내 주지.」

아르세니오가 웃는다. 예상과 달리 그녀를 순순히 보낸다. 이다는 부리나케 도망쳐 방문을 닫아 버린다.

안에서 빗장 거는 소리가 들린다.

「나도 짐승 같은 놈이지, 자네처럼.」 나는 천장을 올려다보며 말한다. 「나도 자네처럼 짐승 같은 놈이라고…….」

아르세니오가 자리에서 일어난다. 자기 방으로 간다. 침대에 눕는다.

「마피아!」 거기서 부른다. 「한평생이 거대한 마피아인 거야! 그냥 그뿐이라고.」

나는 홀로 남는다. 가지고 있던 담배를 피운다. 동성애자 권투 선수 타토가 나타난다. 내 앞에 놓인 의자에 앉는다. 한 줄기 빛이 들어와 그의 얼굴에 난 얽죽얽죽한 곰보 자국을 흠뻑 물들인다.

「이것 좀 들어 보게.」 타토가 내게 말한다. 「이 얘기 좀 들어 보라고. 내 얘기거든. 고통스럽고 비극적인 한 복수자의 이야기지. 아무런 전망도 남겨 주지 않고 그냥 끝나 버리는 멜로드라마적 비극이랄까. 영원히 지속되는 비극과 소름 끼칠 정도로 일치하지. 이거 들어 봐, 내 얘기라고. 완전하다고 여겨졌지만, 결국은 불완전한 이야기. 죽음으로 끝나는 비극적 결말. 그게 바로 인생이야. 어떻게 생각하나?」

「그래, 맞아.」 내가 말한다.

「그럼 됐어!」 그는 이렇게 말하고 가버린다.

나는 잠든다.

나는 피델 카스트로가 나오는 꿈을 꾼다. 그는 하얀 집에 피신해 있었다. 나는 그 집을 향해 대포를 쏘아 댔다. 피델은 러닝셔츠에 팬티 바람이었다. 이도 여러 개가 빠져 있었다. 그는 창가에 서서 내게 욕지거리를 해댔다. 그가 내게 소리쳤다. 「이 자식아! 넌 나를 여기서 절대로 끄집어내지 못할걸!」 나는 초조해진다. 집은 이미 쑥대밭이 되었건만, 그 안에 있는 피델은 여전히 살쾡이처럼 날렵하게 이리저리 날뛴다. 「날 여기서 끄집어내지 못할 거야.」 그는 쉬어 터진 목소리로 고래고래 악을 쓴다. 「나를 끄집어내지 못할 거라고!」 그곳은 피델 최후의 피난처였다. 꿈속에서 나는 그자에게 총구를 내내 겨누었건만, 파괴되고 무너져 내린 건물들의 잔해 속에서 결코 그자를 끄집어낼 수는 없었다. 나는 잠에서 깼다. 이미 아침이다. 화장실로 간다. 오줌을 눈다. 이어서 찬물로 세수를 한다. 물을 뚝

뚝 흘리며 화장실에서 나와 아침을 먹으러 간다. 찬 우유, 콘플레이크, 그리고 설탕이 있다. 나는 우유만 마신다. 텔레비전 앞으로 가서 전원을 켠다. 다시 낡은 안락의자에 편한 자세를 잡고 앉는다. 화면에 예수에 대해 말하는 미국인 목사가 나온다.

「텔레비전 앞에 앉아 있는 바로 당신.」 목사가 말한다. 「주님의 품으로 지금 당장 오십시오!」

나는 마른침을 삼킨다. 두 눈을 감는다. 그러겠노라고, 그리고 그가 말하는 모든 것이 다 진실일 거라고 생각해 보려 한다.

「오, 주님!」 나는 읊조린다. 「오, 주님, 나를 구하소서!」

나는 눈을 감고, 구원의 기적을 소망하면서, 10초에서 12초가량 그렇게 하고 있다. 그 순간 노파 힐다가 내 어깨를 툭툭 친다.

「담배 있어?」

그녀에게 한 개비를 준다.

「당신 눈은 너무너무 아름다워.」 그녀가 달짝지근한 목소리로 내게 말한다.

「고마워요.」

「별말씀을.」

나는 자리에서 일어난다. 뭘 해야 할지 모르겠다. 거리로 나갈까? 방에 틀어박혀 있을까? 현관 베란다에 앉아 있을까? 나는 다시 거리로 나간다. 북쪽으로 갈까? 남쪽으로 갈까? 무슨 상관이람! 플래글러 가까지 쭉 걸어간 다음, 쿠바인들이 사는 〈서부 지역〉을 향해 왼쪽으로 돈다. 전진하고, 전진하고, 전진한다. 10여 개의 보데가,[10] 카페테리아, 레스토랑, 이발소, 옷가게, 종교 용품 상점들, 담배 가게, 약국, 전당포 옆을 지난다. 전부 다 15~20년 전에 공산 정권으로부터 도망쳐 나온 쿠바계 소시민들이 운영하고 있다. 한 상점 쇼윈도 앞에 멈춰 서서, 지푸라기처럼 헝클어진 머리칼을 손가락으로 쓱쓱 빗는다. 그때 누군가가 내게 〈개자식!〉이라고 고함치는 것 같다.

난 다시 분노가 치밀어 얼굴이 벌게진다. 도로변에는 지팡이를 짚고 걸어가는 늙은 장님이 하나 있을 뿐

---

10 *bodega*. 스페인어로 〈술 저장고〉를 뜻하며, 미국의 라틴계 사람들 사이에서는 식료품을 파는 잡화점을 가리킨다.

이다. 플래글러 가를 따라 조금 더 걸어간다. 내게 남은 마지막 동전 한 닢을 커피 한 모금 홀짝이는 데 써 버린다. 담배 한 개비가 바닥에 떨어져 있는 게 보인다. 그걸 주워서 입술에 문다. 카페테리아에서 일하는 여종업원 셋이 웃음을 터트린다. 그녀들 중 하나가 말한다. 「저 봐! 영락없이 방랑하는 유대인 꼬락서니로군!」 나는 거기서 나온다. 강렬한 태양의 열기가 내 머리 위로 내리쬔다. 굵직한 땀방울이 온몸을 타고 흐르는데, 조그만 도마뱀 한 마리가 가슴과 겨드랑이 사이를 헤집으며 이리저리 기어다니는 것만 같다. 전진한다. 전진한다. 전진한다. 딱히 어디를 쳐다보지도 않고. 무엇도 찾지 않고. 목적지도 없이. 나는 〈산후안 보스코〉라 불리는 교회로 들어간다. 고요함과 에어컨이 있다. 주위를 둘러본다. 신도 세 명이 제단에 서서 기도한다. 한 늙은 여자가 예수상 앞에 멈춰 서더니 예수의 발을 만진다. 그러고는 1페소를 꺼내 헌금함에 넣는다. 양초 하나가 켜진다. 낮은 목소리로 기도한다. 나는 복도를 따라 걸어가 교회의 제일 깊숙한 곳에 놓인 긴 의자에 앉는다. 그리고는 영국 낭만주의 시인들의 시선집을 꺼내 펼친다. 1793년에 태어나 1864년 노샘프턴 정신 병원에서 작고한 존 클레어의 시다.

나는 존재하지만, 아무도 관심 주지 않고 아무도 모르니, 나란 존재는 무엇인가.
나의 벗들은 사라진 기억처럼 나를 버리고.
나는 나의 슬픔을 스스로 먹어 치우는 자,
슬픔은 망각의 무리 속에 솟았다 사라지나니,
사랑과 죽음의 망각 속에 도사린 환영에 다름없구나.

나는 일어난다. 교회 뒷문을 통해 밖으로 빠져나온다. 다시 플래글러 가를 걷는다. 다시 처음 보는 이발소들, 처음 보는 레스토랑들, 처음 보는 옷 가게들, 처음 보는 약국들을 계속해서 지나쳐 간다. 전진한다. 전진한다. 전진한다. 뼈마디가 쑤시지만, 나는 계속 더 전진한다. 23번가에 이르러서야 멈춰 선다. 두 팔을 머리 위로 쭉 펼친다. 태양을 쳐다본다. 보딩 홈에 돌아가야 할 시간이다.

   나는 잠에서 깼다. 여기 보딩 홈에서 지낸 지도 어느덧 한 달이 되었다. 하지만 침대보며 베갯잇이며 처음 쓰던 것 그대로다. 여기 온 첫날 쿠르벨로 씨가 준 수건은 이미 너무 더럽고 축축하고 땀 냄새도 지독하다. 수건을 집어서 목에다 두른다. 씻고 오줌을 누려고 화장실로 간다. 화장실에 도착한다. 어떤 미친놈인가가 변기에 쑤셔 박아 놓은 체크무늬 셔츠 위에 오줌을 눈다. 그리고 다시 세면대로 가서 수도꼭지 하나를 돌린다. 차가운 물로 얼굴을 문지른다. 더러운 수건으로 물기를 닦는다. 내 방으로 돌아와서 침대 맡에 걸터앉는다. 내 방 미친놈은 아직도 자고 있다. 홀딱 벗고 자고 있는데, 그의 커다란 남근이 불끈 솟아올라 있다. 방문이 열리고, 보딩 홈에서 허드렛일을 하는 호세피나가 들어온다. 그녀는 미친놈의 남근을 보더니 피식 웃음을 터트린다. 「창 같구먼.」 그녀가 감탄한다. 그러더니 부엌에 있는 카리다드를 부른다. 방 앞에 막 도착한 카리다드도 문지방에 서서 그를 훔쳐본다. 두 여자가 숨죽여서 미친놈의 남근을 감상한다. 그러다 별안간 카리다드가 내 더러운 수건을 집어 들더니 그것을 채찍처럼 비비 꼰다. 그런 다음 그것을 높이 쳐들어, 미친놈의 남근 위로 세차게 내리친다. 미친놈이 침대에서 움찔하고 튀어오르면서 소리를 꽥 지른다.

「나를 죽이려고들 하는군!」

두 여자가 깔깔댄다.

「뻔뻔한 인간아, 그 배때기 좀 가리라고!」 카리다드가 말한다. 「아니면 내가 확 잘라 버리겠어!」

두 여자가 미친놈의 남근에 대해 이러쿵저러쿵 쑥덕거리며 자리를 뜬다.

「아주 그냥 창이라니까.」 호세피나가 감탄하며 말한다.

나도 뒤따라 식당 쪽으로 나갔더니, 식당에서는 아르세니오가 아침 식사를 나눠 주고 있다. 나는 찬 우유 한 잔을 벌컥거린 다음, 내가 좋아하는 목사를 보러 텔레비전이 있는 거실로 간다.

텔레비전 수상기 앞에 새로 들어온 미친 여자 하나가 앉아 있다. 내 또래쯤 되는 여자다. 그녀의 몸은 삶의 무게에 잔뜩 찌들어 보이지만, 여전히 풍만한 느낌이 남아 있다. 나는 그녀 옆에 가 앉는다. 나는 주위를 살펴본다. 아무도 없다. 모두들 아침 식사 중이다. 나는 그 미친 여자 쪽으로 손을 뻗는다. 그녀의 무릎에 손을 올린다.

「그래요, 나의 천사.」 그녀는 나를 쳐다보지도 않은 채 말한다.

나는 손을 더 위로 움직여 그녀의 넓적다리에 이른다. 그녀는 아무 저항 없이 내가 하는 대로 그냥 내버려 둔다. 텔레비전에 나오는 목사는 바울, 고린토, 데살로니카에 대해 설교하는 중이다.

나는 손을 더 위로 움직여 그 미친 여자의 음부에 이른다. 그곳을 꽉 움켜쥔다.

「그래요, 나의 천사.」 그녀는 텔레비전에서 눈을 떼지도 않은 채 말한다.

「이름이 뭐죠?」 내가 묻는다.

「프란시스예요, 나의 천사.」

「언제 왔죠?」

「어제요.」

나는 손끝으로 그녀의 음부를 애무한다.

「그래요, 나의 천사.」 그녀가 말한다. 「당신이 원하는 대로 해요, 나의 천사.」

나는 그녀가 두려움에 떨고 있다는 것을 알아차린다. 그만 만지기로 한다. 안쓰러운 생각이 든다. 나는 그녀의 손을 잡아 손등에 입맞춤을 한다.

「고마워요, 나의 천사.」 넋 나간 듯 작은 목소리로 그녀가 말한다.

아르세니오가 들어온다. 그는 아침 식사 배급을 마치고, 평소와 다름없이 맥주 캔 하나를 들고 텔레비전 앞으로 어슬렁거리며 온다. 맥주를 마신다. 새로 온 미친 여자를 흥미롭다는 듯 쳐다본다.

「마피아.」 바로 그때 그가 내게 말한다. 「새 습득물이 어때?」

아르세니오는 프란시스의 무릎 위에 제 놈의 맨발을 올린다. 그리고는 그녀의 경첩을 뚫으려는 듯, 발끝을 세워 그녀의 허벅지 사이로 파고든다. 「그래요, 나의 천사.」 프란시스는 텔레비전에서 눈을 떼지 않은 채 말한다. 「당신들이 원하는 대로 해요, 나의 천사들.」

그녀가 떤다. 너무 떨어서 어깨뼈들이 죄다 산산조각 나버릴 것만 같다. 그 순간 목사는 천국에 대한 비전을 품었던 한 여인을 주제로 설교하는 중이다.

「저기에 말들이 있었습니다⋯⋯.」 말한다. 「온순한 말들은 언제나 푸르고 기름진 목초지에서 풀을 뜯고 있었습니다⋯⋯.」

「마피아!」 아르세니오가 텔레비전 속 목사에게 소리 지른다. 「당신조차 마피아였다니!」

그는 다시 맥주 한 모금을 넘기고는, 나가 버린다.

여전히 떨고 있는 프란시스가 두 눈을 감는다. 그녀는 소파 등받이에 머리를 푹 기댄다. 나는 주변을 둘러보는데, 아무도 없다. 나는 자리에서 일어나 그녀 위에 부드럽게 올라탄다. 손으로 그녀의 목을 감싸고 조르기 시작한다.

「그래요, 나의 천사.」 그녀가 눈을 감은 채 말한다.

나는 더 세게 조른다.

「계속해요, 나의 천사.」

나는 조금 더 세게 조른다. 그녀의 얼굴이 짙은 선

홍색으로 물든다. 눈에는 눈물이 그렁그렁하다. 하지만 그녀는 저항하지 않고 온순하게 그냥 그대로 있는다.

「나의 천사……. 나의 천사.」 그녀가 실낱같은 목소리로 말한다.

그 순간 나는 조르던 손을 멈춘다. 깊은 숨을 내쉰다. 그녀를 바라본다. 다시 한 번 연민이 느껴진다. 나는 그녀의 앙상한 손을 잡아 그 손에 입맞춤을 한다. 그렇게 온전히 무방비 상태로 있는 그녀를 보자, 그녀를 품에 안고 한껏 울고 싶은 욕망을 느낀다. 그녀는 의자 등받이에 머리를 기댄 채 움직이지 않는다. 두 눈은 꼭 감은 채. 그녀의 입술은 떨리고 있다. 그녀의 두 뺨도 떨리고 있다. 나는 거기서 나간다.

보딩 홈에 도착한 쿠르벨로 씨는 친구와 전화 통화를 하고 있다.

그는 의자 등받이에 몸을 쭉 젖히고, 두 발은 책상에 턱 올려놓은 채, 계속 통화를 하고 있다. 술탄 같다.

「어제가 대회였잖아.」 쿠르벨로 씨가 수화기에 대고 제 친구에게 말한다. 「내가 2등을 했다니까. 여섯 발짜리 수중 작살 총으로 사냥했는데, 글쎄, 23킬로그램이나 나가는 농어를 잡았지 뭔가!」

그 순간 애꾸눈 늙은이 레예스가 쿠르벨로 씨에게 다가가 담배 한 대를 달라고 한다.

「훠이, 훠이!」 쿠르벨로 씨가 손짓으로 그를 쫓아낸다. 「내가 지금 일하고 있는 게 안 보이나?」

레예스가 복도로 뒷걸음질 친다. 그는 문 뒤로 가서 숨는다. 하나뿐인 눈으로 사방을 두리번거리더니, 아무도 자신을 보고 있지 않다는 것을 확인한 후 음경을 꺼내 바닥에 오줌을 누기 시작한다. 이것이 바로 레예스의 복수다. 오줌 누기. 더 잔혹한 매질을 퍼붓더라도, 그는 변함없이 방이며 거실이며 현관이며 여기저기 오줌을 싸고 다닐 것이다. 사람들은 쿠르벨로 씨에게 불평을 늘어놓지만, 쿠르벨로는 결코 그를 보딩홈에서 내쫓지 않는다. 쿠르벨로 씨에 따르면, 레예스는 매우 훌륭한 고객이다. 일단, 먹지 않는다. 할당된 38페소를 요구하지도 않는다. 깨끗한 침대보나 수건을 달라고도 하지 않는다. 오직 물만 마시고, 담배를 달라고 하며, 오줌을 쌀 뿐이다. 나는 내 방으로 가서 침대에 눕는다. 불과 몇 분 전에 내가 질식시킬 뻔했던 새로 온 미친 아가씨 프란시스가 떠오른다. 그녀의 무방비한 얼굴과 떨리는 몸, 그리고 결코 용서를 구하지 않을, 꺼져 가다시피 하는 목소리를 떠올리자 나 자신에게 화가 난다.

〈계속해요, 나의 천사, 계속해요…….〉

그녀를 향한 나의 감정은 구원, 증오, 애정 그리고 잔인함으로 뒤죽박죽 뒤섞인다.

아르세니오가 방으로 들어와 내 침대 옆 의자에 털썩 주저앉는다. 호주머니에서 맥주 캔을 꺼내 들이켜기 시작한다.

「마피아…….」 그가 내 머리 위, 거리 쪽으로 난 창문을 내다보며 내게 말한다. 「인생이란 뭘까, 마피아?」

나는 대답하지 않는다. 침대에서 몸을 일으켜 나도 창문 너머를 바라본다. 여자 옷 차림의 남자 동성애자 하나가 지나간다. 뒤이어 스피커 볼륨을 최대한 높인 검은 스포츠카가 지나간다. 몇 초간 시끄러운 록 음악이 거리를 휩쓴다. 그리고 자동차가 멀어지면서 그 소리도 사그라진다. 아르세니오는 피자집에서 일하는 미친놈의 서랍장으로 가더니 물건들을 뒤진다. 셔츠 한 장과 더러운 바지 한 벌을 꺼내 바닥에 내동댕이친다. 빗장이 서랍장에 단단히 물려 있는 것을 보더니, 호주머니에서 드라이버를 꺼내, 빗장이 걸려 있는 나무판자 사이로 깊이 쑤셔 넣는다. 그러고는 세게 당긴다. 나사들이 풀린다. 아르세니오가 서랍을 열고, 미친놈의 이런저런 종이 조각이며, 비누며, 칫솔들 사이를 열심히 뒤적거린다. 마침내 가죽으로 된 긴 지갑을 발견한다. 지갑을 열어 20페소짜리 지폐 한 장을 꺼낸다. 미친놈이 엿새 동안 일한 대가로 벌어들인 돈이다. 아르세니오가 내게 그걸 보여 준다. 미소를 짓는다. 돈에 입을 맞춘다.

「우리, 오늘 밤엔 포식하겠어.」 그가 말한다. 「피자랑 맥주랑 담배, 그리고 커피.」

나는 말없이 그를 쳐다본다.

「마피아!」 그가 미소를 지으며 내게 소리친다. 그는 맥주를 한 모금 넘기더니 방에서 나간다.

나는 홀로 남는다. 뭘 해야 할지 모르겠다. 그저 창밖을 계속 쳐다본다. 열 내지 열두 명쯤 되는 한 무리의 사람들이 순백의 종교 예복을 차려입고 지나간다. 절름발이 하나가 취객에게 악담을 퍼부으며 목발을 짚고 지나간다. 아까 봤던 여장한 동성애자가 이번에는 덩치가 산만 한 흑인과 팔짱을 끼고 지나간다. 그리고 자동차들, 자동차들, 자동차들이 라디오 볼륨을 최대로 높인 채 지나간다. 나는 정처 없이 방에서 나온다. 쿠르벨로 씨는 여전히 수화기를 붙잡고, 수화기 건너편의 친구와 어제 있었던 낚시 대회 얘기를 하느라 여념이 없다.

「명판을 주더라고.」 그가 말한다. 「거실 벽에 다른 상패들이랑 같이 걸어 뒀지.」

집 안에는 오줌 냄새가 진동한다. 나는 텔레비전 앞에 가서 앉는다. 다시 프란시스 옆이다. 나는 그녀의 손을 잡는다. 그녀의 손에 입맞춤을 한다. 그녀는 떨리는 미소로 나를 바라본다.

「당신은 그 사람을 닮았어요.」 그녀가 말한다.

「누구?」

「내 아기의 아버지요.」 그녀가 말한다.

나는 일어선다. 나는 그녀의 이마에 키스한다. 내

두 팔로 그녀의 머리를 감싸 안고, 그렇게 몇 분 동안 가만히 있는다. 이윽고, 내 다정함이 바닥나 버리자, 난 다시 그녀를 분노에 차 바라본다. 또다시 그녀를 고통스럽게 만들고 싶은 욕망을 느낀다. 나는 주위를 둘러본다. 아무도 없다. 나는 양손으로 그녀의 목을 움켜잡고, 서서히 조르기 시작한다.

「그래요, 나의 천사, 그렇게 해요.」 그녀가 떨리는 미소를 띠고 내게 말한다.

나는 그녀의 목을 계속해서 조른다. 온 힘을 다해 세게, 더욱 세게 조른다.

「계속해요……. 계속해요…….」 그녀가 실낱같은 목소리로 말한다.

그제야 비로소 나는 그녀를 풀어 준다. 그녀는 의식을 잃고 의자 옆으로 쓰러진다. 나는 손으로 그녀의 얼굴을 받쳐 들고 이마에 미친 듯이 키스를 퍼붓는다. 그녀의 의식이 서서히 돌아온다. 그녀가 나를 바라본다. 그녀가 희미하게 미소 짓는다. 그거면 내게 충분하다.

나는 거기서 나온다. 쿠르벨로 씨의 책상 옆을 지나

간다. 쿠르벨로는 이제야 막 통화를 끝냈다.

「윌리엄!」 나를 부른다. 나는 그에게 간다. 서랍장에서 약병을 꺼내더니 두 알을 집는다.

「입 벌려 봐.」 그가 말한다.

나는 입을 벌린다. 그가 내 입속에 알약 두 개를 넣는다. 딸깍, 딸깍.

「삼켜.」 그가 말한다.

나는 삼킨다.

「이제 가도 됩니까?」

「그래. 레예스도 약을 먹어야 하니 찾아서 좀 데려오게.」

나는 레예스의 방으로 간다. 그는 오줌이 흥건한 침대보 위에 그대로 잠들어 있다. 방에서 역한 변소 냄새가 진동한다.

「이봐, 돼지 새끼!」 그의 가슴을 툭툭 치며 말한다. 「쿠르벨로가 당신을 보고 싶다는데?」

「나를? 나를?」

「그래, 당신 말이야, 이 구역질 나는 인간아.」

「알았네.」

나는 코를 쥔 채 그 방에서 나온다. 내 방으로 가서 침대에 눕는다. 쪼끄만 바퀴벌레들이 바글대는, 페인트칠이 다 벗겨진 파란색 천장을 쳐다본다. 결국 여기서 이렇게 내 인생의 종말을 맞이하게 되는구나. 열다섯 나이에 프루스트를 완전히 독파했고, 조이스, 밀러, 사르트르, 헤밍웨이, 피츠제럴드, 올비, 이오네스코, 베케트를 읽었던 나, 바로 윌리엄 피게라스. 나는 혁명 속에서 가해자이자 목격자이자 희생자로 20년을 살았다. 훌륭하다.

그때 누군가가 창밖에서 방 안을 들여다보고 있다. 네그로다.

「자고 있었나?」

「아니, 지금 바로 나가겠네.」

나는 셔츠 단추를 채우고, 손가락으로 머리카락을 쓱쓱 편 다음, 정원으로 나간다.

「이봐.」 네그로가 나를 보자마자 말한다. 「자고 있던 거라면, 계속 자!」

「아니야.」 내가 말한다. 「괜찮네.」

우리는 잠겨 있는 대문 밑 계단에 걸터앉는다. 우리

는 진하게 악수를 나눈다.

「마이애미 생활은 어때?」 내가 묻는다.

「모든 게 다 그대로네. 모든 게 다 그대로야.」 네그로가 대답한다. 「아, 맞다.」 그가 갑자기 기억난 듯 말한다. 「시인 카를로스 알폰소가 쿠바에 갔다네. 거기서 두 주 동안 지내다 왔다지.」

「그가 뭐라고 하던가? 쿠바에 대해 뭐라더냐고?」

「〈모든 게 다 그대로〉라고 하더군. 길에는 청바지를 입은 사람들이 돌아다닌대. 사람들이 전부 청바지를 입고 있다더군!」

나는 피식 웃음을 터트린다.

「그리고 또?」

「또 뭐가 있냐고? 음, 그거 말고는 별거 없어.」 네그로가 대답한다. 「모든 게 그냥 다 그대로야. 우리가 5년 전에 남겨 둔 그대로. 어쩌면 아바나만 더 황폐해졌다는 게 예외일 수 있겠군. 하지만 다른 건 모두 다 그대로네.」

그러고는 네그로가 나를 뚫어져라 쳐다보더니, 내 무릎을 한 대 툭 친다.

「윌리.」 그가 내게 말한다. 「우리 이곳에서 떠나세!」

「어디로?」 내가 말한다.

「마드리드로. 스페인으로 가자고. 바르셀로나의 고딕 지구를 보러 가세. 톨레도 대성당에 걸린 엘 그레코의 그림을 보러 가자는 말일세!」

나는 웃기 시작한다.

「그래, 언젠간 한번 가보세.」 내가 말한다.

「5천 페소만 있으면 된다고.」 그가 말한다. 「5천 페소면 충분하지!『해는 또다시 떠오른다』에서 헤밍웨이가 걸었던 모오오오든 발자취를 그대로 따라가 보자고.」

「그래, 언젠간 한번 가보세.」 내가 말한다.

몇 초간 정적이 흐른다. 한 미친놈이 오더니 우리에게 담배를 달라고 한다. 네그로가 한 개비를 준다.

「나는 브렛이 있던 곳에 가고 싶어⋯⋯. 자네, 브렛 애슐리 기억나지, 응? 〈움직이는 축제일〉에 나왔던 여주인공 말이야.」

「응.」 내가 말한다. 「기억나네.」

「난 말이야, 브렛이 식사하던 곳, 브렛이 춤추던 곳,

브렛이 투우사와 진한 사랑을 나누던 그 장소들에 직접 가보고 싶다네.」 한껏 미소를 머금은 네그로가 지평선을 바라보며 말한다.

「전부 다 직접 보게 될 걸세.」 내가 말한다. 「언젠간 다 보게 될 거야.」

「앞으로 2년 안에 가는 걸 목표로 세워 보자고.」 네그로가 말한다. 「2년 뒤에 마드리드에 가보세나.」

「좋아.」 내가 대답한다. 「2년이라. 그래, 좋아.」

네그로가 다시 나를 뚫어져라 쳐다본다. 그가 내 무릎을 애정 어린 손길로 한 대 툭 친다. 이제 그만 간다는 의미다. 자리에서 일어나, 호주머니에서 거의 꽉 차 있는 말보로 갑을 꺼내 내게 준다. 그러고는 25센트짜리 동전 두 개를 꺼내, 그것도 내게 준다.

「뭐라도 써보게, 윌리.」 그가 말한다.

「그래 보겠네.」 내가 답한다.

그가 웃는다. 뒤돌아선다. 멀어져 간다. 길모퉁이에 이르렀을 때 뒤돌아 내게 뭔가 소리친다. 마치 시의 한 구절처럼, 내 귀에는 오직 〈먼지〉, 〈실루엣〉, 〈균형〉이라는 말만 들려온다. 그 이상은 들리지 않는다.

나는 보딩 홈으로 돌아간다.

나는 방으로 돌아오자마자 다시 침대에 누워 잠에 빠져든다. 이번 꿈속에서는 혁명이 이미 끝났고, 그래서 내가 팔순 노인 한 무리와 쿠바로 돌아가고 있었다. 희고 긴 턱수염이 난 한 노인이 기다란 지팡이를 들고 우리를 인도해 갔다. 우리는 세 걸음마다 멈춰 섰고, 그때마다 그 노인은 들고 있던 지팡이를 들어서 돌무더기로 변한 폐허들을 가리키곤 했다.

「이곳은 상 수시[11] 카바레였습니다.」 그때 그 노인이 말했다.

우리는 조금 더 걸어갔고, 그때 그 노인이 다시 말했다.

「이곳은 국회 의사당이었습니다.」 노인이 이번에는 부서진 소파들이 잡초와 한데 뒤엉켜 있는 넓디넓은 벌판을 가리킨다.

「이곳은 힐튼 호텔이었습니다.」 노인은 한 무더기의 붉은 벽돌 더미를 가리킨다.

11 *Sans Souci*. 프랑스어로 〈걱정 없다〉, 〈무사태평하다〉라는 뜻.

「이곳은 프라도 거리였습니다.」이번에는 땅에 반쯤 처박혀 있는 사자상을 가리킨다.

이렇게 우리는 아바나 시 전역을 걸었다. 「잠자는 숲 속의 공주」에 나오는, 마법에 걸린 도시처럼 풀과 나무가 도시 전역을 뒤덮고 있었다. 모든 것이 콜럼버스가 쿠바 땅에 첫발을 내디뎠을 때 마주했을 신비와 적막에 휩싸여 있었다.

나는 잠에서 깼다.

새벽 1시쯤 되었을 것이다. 나는 가슴이 텅 비어 버린 듯 허전한 마음으로 침대 끝에 걸터앉는다. 창밖을 내다본다. 길모퉁이에는 여장을 한 동성애자 셋이 외로운 남자들을 기다리고 있다. 여자가 없는 남자들이 운전하는 자동차들이 그 주변을 천천히 배회한다. 나는 울적해진 기분으로 침대에서 일어난다. 무엇을 해야 할지 모르겠다. 피자집에서 일하는 미친놈은 견디기 힘들 만큼 더운데도 두꺼운 담요를 뒤집어쓴 채 자고 있다. 그가 코를 곤다. 나는 그놈 위로 뛰어올라 주먹을 날리고 싶은 욕망이 인다. 하지만 나는 거실로 나가서 그 낡은 안락의자에 앉기로 결심한다. 나간다.

아르세니오의 방문 앞을 지나는데, 뒤로 삽입하려는 아르세니오에게 반항하는 쭈그렁 노파 힐다의 목소리가 들려온다.

「조용히 해!」 아르세니오가 말한다. 둘이서 티격태격하는 소리가 들린다. 나는 안락의자로 가 풀썩 주저앉는다. 어두운 거실 한쪽 구석에는 미국인 루이가 쭈그리고 앉아 있다.

「*Let me alone*(날 좀 내버려 둬)!」 그가 증오에 찬 목소리로 벽에다 대고 소리친다. 「*I'm going to destroy you*(널 죽여 버리겠어)! *Let me alone*(날 좀 내버려 두라고)!」

아르세니오의 방에서 또다시 노파 힐다의 절망스러운 목소리가 새어 나온다.

「거기로는 하지 마!」 그녀가 소리친다. 「거기로는 하지 말라고!」

전직 권투 선수 타토가 팬티 한 장만 걸친 채 어둠 속에서 나타난다. 그는 내 앞에 있는 의자에 앉더니 내게 담배를 달라고 한다. 나는 그에게 담배 한 개비를 준다. 그런 다음 싸구려 라이터로 불을 붙여 준다.

「이 얘기 좀 들어 보게, 윌리.」 그가 담배 연기를 내뿜으며 내게 말한다. 「이 얘기를 좀 들어 보라고. 자네가 좋아할 얘기라니까. 잭 뎀프시가 현역 권투 선수로 한창 활동하던 시절에, 저기 저 아바나에서는 말이야, 인류의 원수를 갚아 주고 싶었던 한 남자가 있었어. 사람들은 그를 〈별빛 반짝이는 하늘의 은둔자〉, 〈지하 세계의 왕〉 아니면 〈무시무시한 남자〉라 불렀지.」

그는 몇 초간 입을 다물고 있다가 말한다.

「그 사람이 바로 나였어.」

그는 물색없이 깔깔대더니 다시 말한다.

「내 얘기가 마음에 들었나, 윌리?」

「응.」

「완벽한 복수에 관한 이야기지. 전 인류에 대한 이야기이고. 모든 인간의 아픔을 담은 이야기야. 알겠어?」

「응.」

「좋아.」 그가 일어나며 말한다. 「내일 두 번째 장을 얘기해 주겠어.」

그는 담배를 길게 한 모금 쭉 빨더니, 다시 어둠 속으로 사라진다.

덥다. 나는 셔츠를 벗어 버리고 낡은 의자 위로 다리를 올린다. 두 눈을 감고 턱을 가슴팍에 붙인 채, 나라는 존재의 거대한 공허 속으로 침잠하며 그렇게 몇 초간 가만히 있는다.

나는 상상의 권총을 집어 관자놀이에 총구를 댄다. 쏜다.

「*Fuck your ass*(빌어먹을)*!*」 루이는 자기의 망령들에게 발악한다. 「*Fuck your ass!*」

나는 몸을 일으킨다. 천천히 내 방으로 돌아간다. 어스름한 불빛 사이로 엄지손가락만 한 바퀴벌레 두 마리가 내 베개 위에서 교미하고 있는 것이 보인다. 나는 수건을 집어 비비 꼰 다음, 녀석들을 향해 힘껏 내리친다. 녀석들이 도망간다. 나는 다리를 벌린 채로 침대에 드러눕는다. 내 물건을 만진다. 지난 1년간 여자 안으로 들어간 적이 없다. 마지막으로 했던 여자는 병원에서 만났던 미친 콜롬비아 여자였다. 그 여자 생각이 난다. 나를 자기 병실로 데려가, 내 앞에서 브래지어를 내리고 자기 젖꼭지를 보여 주던 그녀의 느닷없는 행동이 떠오른다. 자신을 감싸고 있던 홑이불을 끌어내려 음부를 보여 주던 뻔뻔한 모습도 떠오른다. 이 윽고 그녀는 다리를 천천히 벌리며 내게 말했다. 「이리 와요.」

병원의 간호사들이 병실에 수시로 들락거렸기 때문에 나는 두려웠다. 하지만 그녀의 비너스가 나를 이끄는 힘이 훨씬 더 강했다. 나는 그녀 위로 쓰러졌다. 나는 부드럽고 달콤하게 그녀의 몸을 파고들었다. 그녀의 음탕한 입술은 실로 아름다웠다.

나는 잠에서 깼다. 벌써 아침이다. 질식할 만큼 덥지만, 피자집에서 일하는 미친놈은 동물 시체 썩는 내가 진동하는 두꺼운 담요를 온몸에 휘감고 잔다. 나는 그를 혐오스레 쳐다본다. 불과 몇 초지만, 날카로운 도끼로 그의 네모난 머리통을 찍어 버리는 상상을 즐긴다. 그런데 곧 그 혐오감이 내 자신까지 갉아 대기 시작하자, 나는 자리에서 일어나 더러운 수건과 비누 조각을 찾아 들고, 화장실로 걸어간다. 화장실에는 물이 흥건하다. 누군가가 가죽 재킷을 변기에 쑤셔 박아 놓았지 뭔가. 쓰레기며 종이며 이런저런 오물이 바닥에 한데 뒤엉켜 엉망진창이다. 거기서 나와 보딩 홈의 다른 쪽

복도에 있는 두 번째 화장실로 간다. 그 앞에는 르네, 페페, 힐다, 이다, 페드로, 에디가 서 있다. 모두가 기다리는 중이다. 미국인 루이는 벌써 1시간 전에 화장실에 들어갔건만, 여전히 나올 생각을 않고 있다. 밖에서 에디가 문을 세차게 두드린다. 하지만 루이는 문을 열지 않는다.

「*Fuck you*(빌어먹을)*! Go fuck yourself*(이런 우라질)*!*」 루이가 안에서 악을 쓴다.

그때 두 정신 지체자 중 더 나이가 많은 페페가 격한 비명을 지르더니, 바지를 내리고, 바로 그 자리, 그 복도, 그 모두가 쳐다보는 앞에서 똥을 눈다.

국제 정치 전문가인 미친놈 에디가 다시 욕실 문에 발길질을 해댄다.

「*Let me alone, chicken*(이 자식아, 제기랄, 나 좀 내버려 둬)*!*」 안에서 루이가 소리친다.

나는 거기서 나온다. 정원으로 나가 종려나무 뒤에 오줌을 눈다. 그리고는 벽 틈새에서 흘러나오는 물줄기로 손을 씻고 세수를 한다. 나는 다시 보딩 홈으로 들어간다. 여전히 욕실에서 아우성이 들린다. 난 다시 그쪽으로 간다. 국제 정치 전문가 미친놈 에디가 온몸으로 문을 세게 들이받자 빗장이 부서져 버리고, 그래서 닫혀 있던 화장실 문이 이제 막 열리던 바로 그 순간, 내가 그 앞에 도착한다. 미국인 루이가 변기에 앉아 비옷으로 밑을 닦고 있었다.

「이 자식이었군!」 에디가 소리친다. 「변기에 옷이며 두꺼운 종이며, 이것저것 마구 쑤셔 넣었던 게 바로 이 자식이었어!」

루이는 궁지에 몰린 짐승처럼 울부짖는다. 그러고는 재빨리 바지를 입고서 에디의 턱에 강력한 펀치를 날린다. 에디는 입에서 피를 뚝뚝 흘리며 바닥에 쓰러진다. 루이는 미친놈들 사이를 거칠게 헤치며 그 야단법석에서 빠져나가 거실로 간다. 그가 미친 늑대처럼 울부짖는다.

「*Go for corn chicken*(이 새끼야, 너나 잘해)!」 그는 거실에서도 고래고래 악을 쏟다. 그러고는 현관문을 거칠게 열고 또 다른 악담을 된통 퍼붓더니, 이내 문을 쾅 닫고 거리로 나간다. 그 바람에 유리로 된 블라인드의 서너 단이 바닥에 떨어져 산산조각 난다.

「개새끼!」 입에서 피를 뚝뚝 흘리며 에디가 악을 쓴다. 「내가 널 여기서 쫓아내고야 말 테다!」

산송장의 귀부인 이다가 부아가 잔뜩 난 표정으로 내 곁으로 와 귀띔한다.

「쿠르벨로는 저자를 쫓아내지 않을 거야. 루이가 매달 6백 페소짜리 수표 받는 걸 못 봤어? 이곳 최고의 귀빈이지. 아무리 미친 살인마라도, 절대 쫓아내지는 않을 거야.」

아르세니오가 화장실 쪽으로 온다. 미친놈들의 비명 소리가 그를 깨운 것이다. 두 눈은 희번덕거리고, 긴 머리칼을 산발한 머리는 마치 철사로 엮어 놓은 커다란 헬멧 같다. 그는 바닥에 흘러 있는 피, 페페가 싸 놓은 똥 무더기, 에디의 다친 입, 그리고 변기에 쑤셔 박힌 비옷을 무심히 쳐다본다. 새로울 건 아무것도 없다. 모든 것이 보딩 홈에서 일어나는 일상의 면면일 뿐이다. 그는 단단한 가슴팍을 벅벅 긁는다. 바닥에 침을 퉤 뱉는다. 트림한다. 그런 다음 어깨를 으쓱하더니 외친다.

「짐승들 같으니라고!」

그는 뒤돌아서 천천히 거실로 향한다.

「아침이나 먹어!」 그는 걸어가면서 쩌렁쩌렁 소리를 지른다. 미친놈들은 자기들끼리 엎치락뒤치락 밀치며 그 뒤를 따라 식당으로 간다. 나는 찬 우유를 마시기 싫다. 커피가 필요하다. 호주머니를 뒤진다. 10센트짜리 동전이 하나 있을 뿐이다. 방으로 가서 피자집에서 일하는 미친놈의 침대맡에 멈춰 선다. 옷장 위에 놓여 있는 그의 셔츠를 집어 들어, 셔츠 주머니를 살핀다. 그러고는 바지도 집어, 바지 주머니도 살핀다. 25센트짜리 동전 하나와 반쯤 찬 담뱃갑 하나를 발견한다. 내 호주머니에 전부 다 쑤셔 넣고, 길모퉁이에 있는 카페테리아로 향한다. 가는 길에, 열심히 쓰레기통을 뒤적이고 있는 미국인 루이와 마주친다. 조금 더 걸어가니, 쭈그렁 노파 힐다가 길 한가운데 있는 버스 정류장 바로 옆에서 치마를 올리고 오줌을 싸고 있다. 그 버스 정류장 벤치에는 한 젊은 노숙자가 더러운 배낭을 베고 잠들어 있다. 커다란 개 두 마리가 플래글러 가 방향으로 길을 건넌다. 자동차들은 다운타운 방향으로 질주한다. 나는 카페테리아에 도착해서 커피

한 잔을 주문한다. 내게 다 식어 빠진 커피를 주는데, 내가 보딩 홈에 사는 사람이며, 또 불평하지도 않으리라는 사실을 알기 때문이다. 나는 항의할 수 있지만, 하지 않는다. 나는 커피를 한 모금 마신다. 값을 지불하고 보딩 홈으로 돌아온다. 우리 목사님의 설교를 들을 시간이다. 텔레비전을 켜고 그 낡은 안락의자에 쓰러지듯 앉는다. 화면에 목사가 나온다. 콘서트 중 기타를 바닥에 내팽개치며 〈주여, 나를 구원하소서!〉라고 부르짖던 로큰롤 스타에 대해 말한다.

「잘 알려진 스타입니다.」 목사가 말한다. 「이름을 말할 것도 없죠. 하지만 그 젊은이는, 광대놀음에 진절머리가 나고 삶이 떠안기는 거짓에 완전히 지쳐 버린 그 젊은이는 기타를 바닥에 내동댕이치고 소리 질렀죠. 〈주여, 나를 구원하소서!〉 그때 저는 말했습니다. 〈사탄아, 어둠에 도사리고 있는 악의 무리야……, 주님을 찬양하라. 이제는 더 이상 우리 주 예수 그리스도를 속이지 못할지니! 할렐루야!〉」

목사가 운다. 청중도 운다.

「아직 시간이…….」 목사가 말한다. 「우리 주님이 오실 때까지는 아직 시간이 남아 있습니다.」

그때 진한 향수 냄새가 내 코끝을 찌른다. 고개를 돌리니 새로 들어온 미친 아가씨 프란시스가 내 등 뒤 의자에 앉아 있는 게 보인다. 얼굴에는 정성스레 화장을 했고, 하늘하늘한 파란색 원피스를 입고 있어서 훨씬 더 젊어 보인다. 머리도 잘 빗겨 있다. 피부도 깨끗하고 생기 있게 빛난다. 그녀의 다리를 바라본다. 여전히 아름다운 다리다. 나는 자리에서 일어나 그녀에게 간다. 그녀의 두 손을 잡아 조심스레 살펴본다. 손톱은 너무 길고, 정돈되어 있지 않지만, 깨끗하고 섬세한 손이다. 곧 나는 내 손가락으로 그녀의 입술을 벌린다. 어금니가 몇 개 없을 뿐이다. 주위를 둘러보니 아무도 없다. 미친놈들은 아직도 아침 식사 중이다. 나는 바닥에 무릎을 꿇고 앉아 그녀의 치마를 걷어 올린다. 그녀의 다리 사이로 내 머리를 파묻는다. 좋은 냄새가 난다. 나는 그녀를 다시 의자에 잘 앉힌다. 그녀의 신발을 벗기고 두 발을 살펴본다. 자그마한 분홍빛 발에서 맑은 냄새가 난다. 그 순간 나는 몸을 일으킨다. 그녀를 껴안는다. 그녀의 목덜미에, 그녀의 귓불에, 그녀의 입술에 키스한다.

「프란시스」 내가 말한다. 「오, 프란시스!」

「그래요, 나의 천사!」 프란시스가 말한다.

「오, 프란시스!」

「그래요, 나의 천사, 그래요……」

나는 팔로 그녀를 안고는 그녀의 방까지 데려간다. 여자들이 지내는 방이다. 빗장은 안쪽에 달려 있다. 우리는 들어간다. 나는 빗장을 건다. 침대 위에 그녀를 부드럽게 내려놓고 신발을 벗긴다.

「오, 프란시스!」 그녀의 발에 입맞춤을 하며 속삭인다.

「그래요, 나의 천사.」

나는 서둘러 그녀의 팬티를 벗긴다. 그녀의 다리를 벌린다. 짙은 밤색으로 복슬복슬한 그녀의 아름다운 솜털. 그곳에 간절하게 키스한다. 그렇게 키스를 하는 사이, 요동치는 남근을 꺼낸다. 지금이 그녀 안에 들어갈 바로 그 순간임을 안다. 그녀 안에 내 모든 수액을 쏟아 버리리. 아니, 그러지 못해도 상관없다.

「프란시스……」 내가 속삭인다. 「프란시스……」

나는 천천히 그녀를 파고들기 시작한다. 그러면서 그녀의 입술에 격정적인 키스를 퍼붓는다. 그러자 온 몸의 뼈 하나하나까지 전부 다 전율하고, 거대한 용암의 물결이 내 몸에서 빠져나가 그녀의 몸속을 가득 채우고 넘쳐흐른다.

「그래요, 나의 천사……」 프란시스가 말한다.

나는 죽은 듯이 그녀의 가슴에 귀를 댄 채 그대로 엎드려 있다. 갓난아이인 양 젖꼭지를 물고 응석 부리는 나를 그녀의 여린 손이 토닥토닥 달래는 것이 느껴진다.

「그래요, 나의 천사, 그래요……」

나는 그녀의 몸에서 빠져나온다. 나는 침대 끝에 앉는다. 그녀의 가느다란 목에 내 손을 가져다 대고, 지긋이 조르기 시작한다.

「그래요, 나의 천사, 그래요……」

나는 두 눈을 감는다. 나는 숨을 크게 내쉰다. 나는 그녀의 목을 조금 더 세게 조른다.

「그래요……. 그래요……」

나는 보다 더 세게 조른다. 그녀의 얼굴이 선홍색으

로 물들 때까지, 그녀의 두 눈에 눈물이 가득 고일 때까지. 그 순간 조르기를 멈춘다.

「오, 프란시스!」 나는 그녀의 입술에 달콤하게 입맞추며 속삭인다.

나는 침대에서 일어나 바지를 입는다. 그녀도 옷을 챙겨 입고, 발로 더듬더듬 자기 신발을 찾으며 침대에서 일어난다. 나는 방에서 나간다. 그리고 우리 목사님의 설교를 들으러 다시 그 낡은 안락의자로 간다. 프로그램의 마지막 부분이다. 목사는 피아노에 앉아 흑인 특유의 황홀한 목소리로 블루스를 부른다.

오직 하나의 길이 있네.
그런데 도달하긴 쉽지 않네.
오, 주여!
저는 압니다.
저는 압니다.
저는 압니다. 당신에게 가는 길이 쉽지 않다는 것을.

쿠르벨로 씨는 10시에 도착했다. 오자마자 곧장 부

엌으로 간다. 부엌에서는 카리다드와 호세피나와 〈이모〉라고 불리는 또 다른 직원이 쿠르벨로 씨가 오기만을 기다리고 있다. 이모라는 직원은 주로 정신 지체자 페페와 르네의 목욕을 담당하는 사람이다. 그들은 회의를 한다. 현관에서 보니 쿠르벨로가 자기 직원들에게 뭔가를 무척이나 열심히 설명하고 있다. 쿠르벨로가 손뼉을 짝 치니, 모두가 흩어진다. 그러고는 일사불란하게 이리저리 뛰어다니기 시작한다. 아르세니오는 방마다 돌며 모든 침대 밑에 화장실용 두루마리 휴지를 가져다 놓는다. 물라타 카리다드는 심부름꾼 피노에게 식료품 저장고에서 야채수프용 햄을 가져오라 시킨다. 호세피나는 걸레질을 맡았는데, 이 방 저 방 뛰어다니며 천장이면 천장, 귀퉁이면 귀퉁이마다, 여기저기 늘어져 있는 거미줄들을 전부 다 걷어 낸다. 이모는 침대보와 수건을 세탁하기로 했는데, 오줌에 전 더러운 침대보를 깨끗한 것으로 갈면서 온 복도를 종종거린다. 쿠르벨로 본인은 거실을 느긋하게 거닐며, 제 집에서 잠시 가져온 새 카펫을 더럽고 낡은 거실 바닥에 깐다.

「시찰을 나온다네!」 내 곁을 지나면서 이모가 말한다. 「오늘 정부 시찰단이 온다더군!」

이어서 그녀는 식탁에 식탁보를 깔고, 냉수가 나오는 식수대를 설치하고, 레예스나 카스타뇨나 힐다처럼 감당 못 하게 더러운 사람들에게는 깨끗한 옷을 나눠 준다. 땀에 찌든 낡은 가구에는 향수를 살살 뿌리고, 식탁 위에는, 식기 세트를 천 냅킨으로 잘 말아서 자리마다 완벽히 차려 놓는다.

「늙은 여우 같으니라고!」 내 곁에 서 있던 노파 이다가, 명령하고 정리하고 청소하고 숨기는 쿠르벨로의 모습을 노려보며 내뱉는다. 「여기서 최고로 역겨운 놈은 바로 저놈이라니까!」

나도 그렇게 생각한다. 위대한 부르주아의 얼굴과 목소리를 가진 그 늙은 땅딸보를 나 역시 경멸에 찬 눈빛으로 바라본다. 우리들의 혈관을 타고 흐르는 얼마 되지도 않는 고혈을 짜내서 자기 배 채우기에 급급한 놈. 그래, 이 보딩 홈의 주인이 되기 위해서는 네 놈처럼 하이에나와 독수리를 반반씩 섞어 놓은 그런 존재가 되어야 하겠지.

나는 그냥 서 있다. 뭘 해야 할지 모르겠다. 영국 시인들의 시선집을 찾으러 천천히 내 방으로 향한다. 노샘프턴의 미친 시인 존 클레어의 시를 다시 읽을 것이다. 내 방이 있는 복도로 막 들어섰을 때, 복도 한 귀퉁이에서 겁에 잔뜩 질린 개처럼 오줌을 싸고 있는 애꾸눈 영감 레예스와 딱 마주친다. 그의 옆을 지나면서, 나는 손을 쳐들어 그의 앙상한 어깨를 냅다 후려친다. 그가 두려움에 벌벌 떤다.

「자비를……」 그가 애원한다. 「내게 자비를 좀…….」

나는 역겨운 기분으로 그를 쳐다본다. 그의 가짜 눈알에서 누런 고름이 흐르고 있다. 그의 몸에서는 오줌 지린내가 진동한다.

「몇 살이죠?」

「예순다섯이네.」 그가 말한다.

「쿠바에 있을 때 무슨 일을 했죠?」

「가게에서 옷을 팔았지.」

「잘살았어요?」

「응.」

「어땠는데요?」

「집도 있었고, 와이프도 있었고, 또 자동차도 있었고……」

「그리고 또요?」

「일요일마다 아바나 요트 클럽에 가서 테니스도 쳤지. 춤도 추곤 했어. 파티에도 갔었고.」

「하느님을 믿나요?」

「그럼. 우리 주 예수 그리스도를 믿지.」

「당신은 천국에 갈 수 있을까요?」

「그럴걸.」

「그럼 당신은 거기서도 오줌을 쌀까요?」

그는 입을 다문다. 그러더니 고통스러운 미소를 지으며 나를 쳐다본다.

「어쩔 수 없을 테지.」 그가 말한다.

나는 다시 주먹을 들어 산발을 한 그의 더러운 머리통에 한 방 날린다. 그를 죽여 버리고 싶다.

「젊은이, 자비를 베푸시게.」 그가 실제보다 더 고통스러운 표정을 지으며 내게 애원한다. 「자비를 좀 베푸시게.」

「당신은 젊은 시절에 어떤 노래를 좋아했죠?」

「〈블루 문〉.」 그는 망설이지도 않고 대답한다.

나는 더 이상 아무 말도 하지 않는다. 나는 뒤돌아 내 방으로 곧장 걸어간다. 내 침대에 이르러 베개 밑에 두었던 영국 낭만주의 시인들의 시선집을 찾는다. 선집을 호주머니에 찔러 넣는다. 나는 다시 현관 쪽으로 나간다. 여자들 방 앞을 지나는데, 프란시스가 종이에 뭔가를 그리며 침대에 앉아 있는 것이 보인다. 나는 그녀에게 다가간다. 그녀는 그림 그리는 것을 멈추더니 슬픈 미소를 지으며 나를 바라본다.

「쓰레기들이에요.」 그녀는 자기가 그린 것을 내게 보이며 말한다.

나는 두 손으로 그림을 받아 든다. 쿠르벨로 씨를 그린 초상화다. 프리미티비즘[12] 화풍으로 그려진 그림이다. 매우 훌륭하다. 대상 인물이 내면에 담고 있는 옹졸하고 인색한 영혼이 경이롭게 반영돼 있다. 그녀는 쿠르벨로의 책상이며 전화기, 그리고 그가 늘 책상에 올려놓는 팰맬 담배갑도 잊지 않고 그려 넣었다. 모

---

12 *primitivism*. 원시 시대의 예술 정신과 표현을 현대 예술에 접목시키려는 예술 사조.

든 것이 정확하다. 또 모든 것이 삶을 있는 그대로 담아 내고 있다. 오직 원시적인 자만이 그토록 유아적이면서도 매혹적인 삶을 자신의 그림 속에 표현할 수 있으리라.

「더 있어요.」 그녀는 화첩을 펼치며 말한다. 나는 화첩을 통째로 받아 든다. 그림들을 넘겨 본다.

「경이롭군!」 나는 감탄한다.

거기에는 보딩 홈에 사는 모든 이들이(아니, 우리들 모두가) 그려져 있다. 선량한 구석이 희미하게나마 남아 있는 굳은 얼굴의 물라타 카리다드가 있다. 유리를 박아 넣은 눈에 여우같이 교활한 웃음을 띤 애꾸눈의 늙은이 레예스가 있다. 영원히 불능인, 그래서 분노로 가득 찬 표정을 짓고 있는 국제 정세에 밝은 미친놈 에디가 있다. 초점 잃은 눈빛에, 휘청거리는 권투 선수의 얼굴을 한 타토가 있다. 그리고 악마의 눈을 한 아르세니오가 있다. 그리고 슬프면서도 굳은 얼굴을 한 내가 있다. 경이롭다! 우리 모두의 영혼이 잘 포착되어 있다.

「당신 알아? 당신이 훌륭한 화가라는 걸?」

「아니요.」 프란시스가 말한다. 「내겐 테크닉이 부족해요.」

「아니야.」 내가 그녀에게 말한다. 「당신은 이미 화가야. 당신은 프리미티비즘 기법으로 그리고 있어. 매우 훌륭해.」

그녀는 내 손에서 그림을 빼앗아 가더니 화첩에 도로 넣는다.

「쓰레기예요.」 그녀가 슬픈 미소를 띠며 말한다.

「이봐……」 내가 그녀의 옆에 앉으며 말한다. 「내가 맹세하건대…… 잘 들어. 제발, 내가 하는 말을 믿어야 해. 당신 말이야. 당신은 정말 굉장한 화가야. 내가 지금 말하잖아. 나란 놈, 이 구역질 나는 보딩 홈에 있고, 또 유령이나 다름없긴 하지. 그런데 말이야, 내가 그림에 대해서는 좀 안다고 지금 말하고 있는 거라고. 당신, 정말 대단해. 혹시 루소가 누구였는지 알아?」

「아니요.」 그녀가 말한다.

「그래, 그럼 뭐, 굳이 그를 알 필요는 없어.」 내가 말한다. 「그저 당신의 테크닉이 그와 너무 비슷하다는 거지. 유화를 그려 본 적 있어?」

「아니요.」

「유화를 배워 봐.」 내가 말한다. 「그 그림들에 색깔을 좀 입혀 보라고. 이봐!」 그녀의 목을 세게 낚아채며 말한다. 「당신은 굉장한 화가라니까. 괴에엥장해.」

그녀가 미소 짓는다. 그녀의 목을 움켜쥔 손에 조금 더 힘을 주자, 그녀의 눈에 눈물이 고인다. 하지만 그녀는 미소를 잃지 않는다. 나는 다시 그녀의 몸을 범하고 싶은 욕망에 사로잡힌다. 나는 그녀를 풀어 준다. 나는 문 쪽으로 가서 다시 빗장을 잠근다. 그녀에게 다가가 그녀의 팔과 그녀의 겨드랑이와 그녀의 목덜미에 키스하기 시작한다. 그녀가 미소 짓는다. 그녀의 입술에 오랫동안 키스한다. 다시 한 번, 그녀를 침대에 눕히고 나의 남성을 꺼낸다. 손가락으로 그녀의 조그마한 팬티를 벌리고, 그녀 안으로 천천히 파고든다.

「나를 죽여 주세요.」 그녀가 말한다.

「정말로 내가 죽여 줬으면 좋겠어?」 그녀 몸에 완전히 들어가며 내가 묻는다.

「그래요, 나를 죽여 줘요.」 그녀가 말한다.

나는 손으로 그녀의 목을 움켜잡고 다시 세게 조른다.

「창녀 같은 년!」 나는 그녀의 목을 조르면서 그녀 안으로 더 깊숙이 들어간다. 「당신은 훌륭한 화가야. 그림을 잘 그리지. 하지만 그림에 색깔 입히는 걸 배워야만 해. 새애액깔을 입혀야 한다고.」

「아아!」 그녀가 신음한다.

「죽어!」 내가 소리친다. 또다시 난 그녀의 다리 사이에서 완전히 녹아 버린다.

기진맥진해진 채로 우리는 잠시 그렇게 있다. 나는 그녀의 차가운 손에 키스를 한다. 그녀는 내 머리칼로 장난치고 있다. 나는 일어난다. 셔츠를 입는다. 그녀도 치마를 내리고 침대 끝에 걸터앉는다.

「이봐.」 그녀에게 말한다. 「나랑 한 바퀴 돌고 오지 않겠어?」

「어디로 가죠, 나의 천사?」

「이리저리!」

「좋아요.」

우리는 나간다. 우리가 거리에 도착했을 때, 프란시스가 내게 몸을 포개며 팔짱을 낀다.

「어디로 가나요?」 그녀가 묻는다.

「모르겠어.」

나는 두리번거린다. 그러고는 막연하게 〈리틀 아바나〉라 불리는 곳을 가리킨다. 우리는 걷기 시작한다. 이 거리는 아마도 쿠바 빈민가 중에서도 가장 빈곤한 지역일 것이다. 1980년대에 장관을 이뤘던 마지막 대탈출로 마이애미 해안에 도착했던 15만 쿠바인 대부분이 이곳에 산다. 그들은 아직도 궁핍한 생활에서 벗어나지 못했다. 이곳에서는 반바지와 형형색색의 티셔츠를 입고 야구 모자를 눌러쓴 채 자기 집 대문 앞에 앉아 있는 사람들을 언제든 볼 수 있다. 사람들은 성자나 인디오, 별자리 수호신을 새긴 메달 달린 두툼한 금 목걸이를 목에 걸고 있기도 하다. 그들은 캔 맥주를 마신다. 반쯤 부서진 자가용을 정비하고, 휴대용 라디오로 귀청이 터질 듯한 록 음악이나 신경을 건드리는 드럼 독주를 몇 시간이고 듣는다.

우리는 걸어간다. 8번가에 도착했을 때, 오른쪽으로

돌아 빈민가의 중심부로 전진한다. 보데가, 옷 가게, 안경점, 이발소, 레스토랑, 카페테리아, 전당포, 가구점이 쭉 이어진다. 전부 다 작고, 네모나며, 단출하고, 건축미는커녕 어떠한 미학적 고려도 없이 지어졌다. 그저 몇 푼 벌기 위해서, 그리고 평범한 쿠바인들이 열망하는 소시민의 삶을 겨우겨우 살아 내기 위해 지어진 것이다.

우리는 전진한다. 전진한다. 회색의 커다란 침례교회 현관 앞에 이르렀을 때 우리는 그 기둥 아래 자리를 잡고 앉는다. 노인들의 거리 시위 행렬이 다운타운 방향으로 지나간다. 그들이 무엇에 대해 시위하고 있는지는 나도 잘 모른다. 그들은 〈이제 그만!〉이라고 적힌 플래카드를 높이 쳐들고, 미국 국기와 쿠바 국기를 펄럭이며 걸어간다. 누군가 우리에게 오더니, 우리 둘 모두에게 타자로 친 종이를 나눠 준다. 나는 읽는다.

때가 왔다. 〈쿠바 복수자들〉 그룹이 마이애미에서 결성되었다. 무관심한 자들이여, 영혼이 메마른 자들이여, 숨어 있는 공산주의자들이여, 불행한 쿠바가 사슬에 묶여 고통으로 신음하는데도, 목가적이고 쾌락적인 도시의 삶을 즐기는 모든 이들이여, 오늘을 기점으로 대비하라. 〈쿠바 복수자들〉이 쿠바인들에게 앞으로 나아갈 길을 알려 줄 것이다. 〈쿠바 복수자들〉이······.

나는 종이를 구겨서 던져 버린다. 나는 웃는다. 기둥에 몸을 기대고 프란시스를 바라본다. 그녀는 좀 더 내게 가까이 와서 제 어깨를 내 옆구리에 포갠다. 내 팔 하나를 들더니 자기 어깨 위로 감는다. 나는 그녀를 조금 더 꽉 안고 그녀의 머리에 입맞춤을 한다.

「나의 천사.」 그녀가 말한다. 「공산주의였던 적이 있나요?」

「응.」

「나도요.」

둘 다 침묵한다. 이윽고 그녀가 말한다.

「초창기 시절에요.」

나는 기둥에 머리를 기댄 채 혁명의 초창기에 부르던 오래된 찬가를 작은 목소리로 읊조린다.

우리는 콘라도 베니테스 여단.
우리는 혁명의 전위 부대.

그녀가 노래를 이어 부른다.

저 높이 치켜든 책으로 우리의 목표를 달성하세.
온 쿠바에서 문맹을 퇴치하세.

우리는 웃음을 터트린다.
「난 농부 다섯 명에게 읽기를 가르쳤어요.」 그녀가 고백한다.
「그래? 어디서?」
「시에라마에스트라 산맥에서요.」 그녀가 말한다. 「〈엘로블레〉라고 불리는 곳에서요.」
「나도 바로 그 근처에 있었는데.」 내가 말한다. 「나는 라플라타에서 다른 농부들을 가르치고 있었어. 바로 세 고개 너머에서 말이야.」
「그게 언제 적 일이죠, 나의 천사?」
나는 두 눈을 감는다.

「22년⋯⋯. 아니 23년 전이지.」 내가 말한다.

「아무도 이런 얘기는 이해 못 하죠.」 그녀가 말한다. 「내가 그 얘기를 하면, 정신과 의사는 그저 내게 에트라폰포르테 몇 알을 처방해 줬죠. 23년 전이라고 했나요, 나의 천사?」

그녀는 피곤한 눈으로 나를 바라본다.

「나 배고픈 것 같아요.」

「나도.」

나는 그녀의 손을 붙잡아 함께 일어난다. 검은 컨버터블 승용차가 바로 우리 앞을 지나간다. 마이애미의 한 10대 청소년이 창문으로 얼굴을 내밀어 우리에게 야유를 퍼붓는다.

「쓰레기들!」

나는 그 자식에게 제일 긴 가운뎃손가락을 날린다. 그러고는 프란시스의 손을 꽉 붙잡고 다시 보딩 홈 방향으로 걸어가기 시작한다. 나는 배가 고프다. 너무나도 먹고 싶다. 고기 엠파나다 하나라도. 하지만 단 1센트도 없다.

「나 20센트 있어요.」 프란시스가 손수건을 풀면서

말한다.

「아무 소용 없어.」 내가 말한다. 「이 나라에서는 뭐든 25센트 이상은 줘야 살 수 있다고.」

그럼에도 불구하고, 우리는 자유를 뜻하는 〈라 리베르타리아〉라는 카페테리아 앞에 멈춰 선다.

「그 엠파나다는 얼마인가요?」 프란시스가 진열대 뒤에 무료한 듯 서 있는 한 늙은 점원에게 묻는다.

「50센트요.」

「아!」

우리는 뒤돌아선다. 몇 걸음 걸어가고 있는데, 그 점원이 우리를 부른다.

「배들 고프시죠?」

「네.」 내가 대답한다.

「쿠바 분들이시죠?」

「네.」

「부부신가 보네요?」

「네.」

「들어와요, 먹을 것을 좀 줄게요.」

우리는 들어간다.

「내 이름은 몬토야예요.」 그 남자는 큼직한 빵 두 개를 반으로 가른 다음 그 안에 치즈와 햄을 채워 넣으며 말한다. 「나도 이 나라에 온 이래, 안 좋은 일을 참 많이도 봐왔죠. 아무에게도 말하지 마쇼. 이 나라는 닥치는 대로 싹 다 먹어 치워 버리는 괴물이라니까요. 물론 이 나라에 고마운 것도 있지요. 하지만 이 나라가 모든 걸 다 삼켜 버리는 괴물이라는 것도 톡톡히 깨달았죠. 하지만 내가 누굽니까, 바로 나, 몬토야라고요!」 그가 다시 빵 사이에 큼지막하게 썬 오이 피클 두어 개를 집어넣으며 말한다. 「나는 늙은 혁명가지요. 쿠바 상황이 한창 안 좋아지던 독재 시대에 감옥살이를 했죠. 1933년도와 1955년도에, 그리고 최근에는 소련이 휘두르는 위협 아래 감옥살이를 하고 있는 셈이죠.」

「무정부주의자세요?」 내가 묻는다.

「네, 무정부주의자입니다.」 그가 고백한다. 「평생 그랬죠. 양키와 러시아인들과 전투하며 살았죠. 하지만 지금 나는 매우 평온해요.」

그는 어느덧 완성된 샌드위치를 진열대에 올려놓

고, 우리에게 먹으라고 한다. 그러더니 코카콜라도 두 개 꺼내 우리 앞에 내놓는다.

「1961년도에 말이죠.」 그가 진열대에 팔꿈치를 괴면서 말한다. 「나랑 라파엘 포르토 페냐스, 절름발이 에스트라다, 그리고 이미 저세상 간 마놀리토 루발카바, 이렇게 우리 넷은 피델 카스트로와 한 자동차를 탔었죠. 내가 운전석에 앉아 핸들을 잡고 있었고. 그날 피델은 경호원을 대동하지 않았거든요. 절름발이 에스트라다가 피델을 뚫어져라 바라보며 물었죠. 〈피델……, 당신은 공산주의자인가요?〉 그러자 피델이 대답했죠. 〈여러분, 내 어머니를 걸고 맹세하건대, 나는 공산주의자가 아니며 앞으로도 결코 아닐 겁니다.〉 어떤 인간인지 안 봐도 뻔하다고요!」

우리는 웃음을 터트렸다.

「쿠바의 역사는 아직 쓰이지 않았어요.」 몬토야가 말한다. 「내가 그것을 쓰게 되는 날 세상은 종말을 고하겠지 뭐!」

그는 지금 막 도착한 두 손님 쪽으로 간다. 프란시스와 나는 샌드위치를 마저 다 먹는다. 몇 분인가 우리는 말없이 먹고 마신다. 다 먹자 몬토야가 다시 우리 앞에 와 있다.

「고맙습니다.」 내가 말한다.

그가 내게 악수를 청한다. 그리고 프란시스에게도 악수를 청한다.

「농장으로들 가봐요!」 악수를 하며 그가 말한다. 「토마토랑 아보카도 수확을 도와줄 일손이 필요하다던데.」

「고맙습니다.」 내가 거듭 말한다. 「아마 저희가 그 일을 하게 될 것 같군요.」

우리는 나온다. 1번가를 향해 걸어간다. 걸어가는 동안 근사한 생각이 내 머릿속을 가득 채운다.

「프란시스.」 6번가쯤 이르렀을 때 내가 멈춰 서서 말한다.

「말해요, 나의 천사.」

「프란시스······. 프란시스······」 나는 벽에 몸을 기대면서 그녀를 내 쪽으로 잡아당기며 말한다. 「나한테 굉장한 생각이 떠올랐어.」

「뭔가요?」

「우리 보딩 홈에서 나가자고!」 나는 그녀를 가슴에 바짝 끌어안으며 말한다. 「사회 보장 연금에서 우리 둘이 받는 돈이면 자그마한 집을 얻을 수 있을 거야. 그리고 우리가 단순한 일이라도 하게 되면, 조금이나마 돈을 더 벌게 될 거고.」

내 생각을 들은 그녀가 놀라서 나를 쳐다본다. 그녀의 턱과 입이 살짝 떨리기 시작한다.

「나의 천사!」 그녀가 감동에 젖어 말한다. 「그러면 뉴저지에 있는 내 아들을 데려올 수 있나요?」

「물론이지!」

「그러면 아이 기르는 것도 도와줄 건가요?」

「그럼!」

그녀가 내 손을 꽉 잡는다. 떨리는 미소로 나를 쳐다본다. 그녀는 감동에 겨워 잠시 무슨 말을 해야 할지 모른다. 그런데 그 순간 그녀의 얼굴에서 핏기가 사라진다. 그녀가 흰자위를 보이며 내 팔 사이에서 맥없이 쓰러진다.

「프란시스……. 프란시스!」 나는 그녀를 바닥에서 일으켜 세우며 묻는다. 「무슨 일이야?」

나는 그녀의 얼굴을 몇 차례 친다. 서서히 그녀의 정신이 돌아온다.

「부질없는 꿈이에요, 나의 천사……. 부질없는 꿈이라고요!」 그녀가 말한다.

그녀가 나를 세게 껴안는다. 나는 그녀를 바라본다. 그녀의 입술이며 뺨이며 얼굴이며 전부 다 심하게 떨린다. 그녀가 울기 시작한다.

「그런 일은 없을 거예요.」 그녀가 말한다. 「그런 일은 없을 거예요.」

「왜?」

「나는 미쳤으니까요. 에트라폰포르테도 매일 네 알씩 먹어야 하고요.」

「내가 약을 챙겨 줄게.」

「목소리가 들려요.」 그녀가 말한다. 「세상 모든 사람들이 다 내 얘기를 하는 것 같아요.」

「나도 그래.」 내가 말한다. 「빌어먹을 목소리들!」

나는 그녀의 허리를 끌어안는다. 우리는 천천히 보딩 홈을 향해 걸어가기 시작한다. 최신식 자동차가 우리 옆을 지나간다. 턱수염이 듬성듬성하고 옅은 색안경을 쓴 놈이 차창 밖으로 머리를 쏙 내밀더니 내게 소리 지른다.

「꺼져 버려, 이 새끼야!」

우리는 전진한다. 전진하면서, 내가 내디뎌야 할 그 다음 발걸음에 대한 계획을 계속 세워 나간다. 내일은 이달의 첫날이고, 우리의 사회 보장 연금 수표가 도착할 것이다. 나는 쿠르벨로와 얘기할 것이고, 나와 프란시스의 수표를 돌려 달라고 할 것이다. 그런 다음 우리는 가방을 꾸릴 것이고, 나는 택시를 부를 것이며, 우리는 집을 찾아 떠날 것이다. 실로 수십 년 만에 희망이라는 한 줄기 가는 빛이, 커다랗게 구멍이 난 내 가슴으로 슬며시 파고든다. 나는 나도 모르게 웃고 있다.

우리는 시커먼 철망으로 둘러싸인 뒷문을 통해 보딩 홈으로 들어간다. 이제 막 밥을 먹고 나온 미친놈들이 벤치에 앉아서 소화를 시키고 있다. 안으로 들어가, 프란시스와 나는 갈라졌다. 그녀는 그녀 방으로, 나는 내 방으로 간다. 나는 비틀스의 옛 노래 「노웨어 맨」을 계속 흥얼거린다.

그는 정말 어디에도 없는 사람.

어디에도 없는 땅에 앉아 있죠.

할망구 힐다가 내 앞으로 가로질러 오더니 담배 한 개비를 달란다. 한 개비를 준다. 그러고는 그녀의 얼굴을 잡고 한쪽 뺨에 입맞춤을 한다.

「고마워!」 그녀가 놀라서 말한다. 「정말 수십 년 만에 처음 받아 보는 입맞춤이로군.」

「한 번 더 해줄까요?」

「좋지.」

나는 다시 그녀의 다른 쪽 뺨에도 뽀뽀를 해준다.

「고마워.」 내게 말한다.

나는 「노웨어 맨」을 계속 흥얼대며 가던 길을 계속 간다. 내 방에 도착한다. 피자집에서 일하는 미친놈이 제 침대에 앉아 돈을 세고 있다.

「이봐, 나한테 1페소를 줘야겠어.」

「1페소를 달라니, 미쳤군요!」

나는 그의 손에서 지갑을 낚아챈다. 1페소를 찾는다. 꺼낸다.

「지갑 돌려줘요.」 미친놈이 투덜댄다.

나는 지갑을 돌려주고, 그의 팔을 다정하게 붙잡는다.

「이봐, 1페소라고. 고작 1페소.」 그에게 말한다.

그가 나를 바라본다. 나는 그에게 미소 짓는다. 그의 얼굴에 뽀뽀를 해준다. 결국 그도 웃음을 터트리고 만다.

「오케이, 윌리엄.」 그가 말한다.

「내일 갚을게.」 내가 말한다.

나는 집 밖으로 나가 길모퉁이로 향한다. 신문 광고면에서 프란시스와 내가 보금자리를 꾸밀 월세 아파트를 찾아보려고 오늘의 신문을 사러 간다. 2백 페소가 넘지 않는 소박한 아파트. 나는 행복하다. 오, 제기랄! 생각해 보니, 지금 나는 너무 행복한 것 같다. 〈생각해 보니〉라고 말하게 나를 내버려 두시라. 나를 악마의 유혹에 빠지지 않게 하시고, 분노의 여신과 운명의 여신의 손에 이끌리도록 하시라. 길모퉁이 보데가에 도착한다. 가판대에서 신문을 산다. 1페소를 낸다.

「당신 빚진 거 있어.」 가게 여주인이 말한다. 「50센트」

「내가요? 언제요?」

「한 달 전에. 기억 안 나시나? 코카콜라 한 병 값.」

「오, 제발! 당신처럼 아름다운 숙녀분이 그런 말을 하다니요. 분명 착오가 있었을 거예요.」

아름답다는 말에 그녀가 싱긋거린다.

「착각했던 것 같네요.」 그녀가 말한다.

「분명히 그럴 거예요.」

나는 싱긋이 웃으며 그녀를 바라본다. 아직도 여자를 희롱할 수 있다니. 쉽다. 그저 시간만 조금 투자하면 된다.

「왜 금발로 염색하지 않아요?」 내가 계속 추파를 던지며 말한다. 「금발로 염색하면 천배는 더 빛날 것 같은데.」

「그렇게 생각해요?」 그녀가 머릿결을 손으로 쓸어 넘기며 묻는다.

「장담해요.」

그녀가 계산대의 현금 수납함을 연다. 1페소를 넣는다. 내게 65센트를 돌려준다.

「고마워요.」 내가 말한다.

「나도 고맙네요.」 그녀가 말한다. 「코카콜라 건은 내가 착각했나 봐요.」

「분명히 그럴 거예요.」

나는 팔에 신문을 끼고, 작은 소리로 「노웨어 맨」을 흥얼대며 거기서 나온다. 한 흑인이 자기 집 대문 앞에 앉아 기분 나쁜 눈길로 나를 쳐다본다. 그 옆을 지나면서 나는 그에게 인사한다.

「어이, 촌놈, 안녕하쇼!」

그가 웃는다.

「어이, 말라깽이, 안녕하쇼? 근데 대체 누구요?」

「누구긴, 〈말라깽이〉죠.」 내가 대답한다. 「말라깽이가 아니면 누구겠어요.」

「제기랄, 이렇게 또 친구 하나가 생기다니 징그럽게도 좋군. 내 이름은 〈깨끗한 덩어리〉라고 해둡시다. 5년 전에 보트를 타고 이곳으로 건너왔지. 그래서 지금 내가 당신 앞에 있는 거라고. 그리고 이제 여기는 당신 집이나 마찬가질세.」

「고맙군요. 고마워요, 깨끗한 덩어리 씨.」

「이봐, 정말 빈말이 아니라고!」 깨끗한 덩어리가 인

사하는 의미로 주먹을 내밀며 흔든다.

나는 보딩 홈을 향해 계속 걷는다. 높은 울타리로 둘러싸인 집 옆을 지나는데, 커다란 검은 개 한 마리가 내 쪽으로 달려들더니 잔뜩 성이 나서 멍멍 짖어 대기 시작한다. 나는 걸음을 멈춘다. 나는 조심스레 울타리 너머로 손을 뻗어 개의 머리를 쓰다듬는다. 개는 뭔가를 착각했는지 한 번 더 짖고 만다. 그러고는 뒷다리를 굽히고 앉아 내 손을 핥기 시작한다. 상황상 그 개의 주인이 된 나는 울타리 너머로 고개를 기울여 개의 콧잔등에 뽀뽀를 해준다. 그러고는 가던 길을 계속 간다. 보딩 홈에 도착하니, 어느 누구와도 말을 나누지 않는 늘 조용한 인디오 페드로가 보인다. 그는 대문 앞에 앉아 있다.

「페드로.」 내가 그를 부른다. 「커피 한잔 하고 싶어요?」

「응.」 그가 말한다.

나는 그에게 25센트짜리 동전 하나를 준다.

「고맙네.」 그가 미소 지으며 말한다. 페드로가 웃는 건 처음 본다. 그가 말한다.

「나는 페루 사람이라네. 독수리의 나라에서 왔지.」

나는 안으로 들어간다. 나는 여자들 방 쪽으로 걸어가 문을 부드럽게 민다. 프란시스가 침대에 앉아 그림을 그리고 있다. 나는 그녀 옆에 앉아 얼굴에 입맞춤을 한다. 그녀는 그림을 내려 두고 내 팔을 잡는다.

「집을 찾아보자.」 내가 말한다.

나는 신문의 첫 면을 펼친다.

베이징은 마르크스 사상을 한물간 것으로 치부해
항공기 납치범들이 인질범들을 더 죽일 듯
남편 살해 여성에게 무혐의 판결

그 정도면 내게 충분하다. 나는 서둘러 광고 면을 찾는다. 그리고 읽는다. 〈가구 완비 아파트. 침실 2개. 테라스. 카펫 깔려 있음. 수영장. 온수 무료. 월 4백 페소.〉

「이거요, 나의 천사.」 프란시스가 말한다.

「아니야, 너무 비싸.」

나는 계속 찾는다. 나는 임대와 관련된 목록을 꼼꼼히 읽어 내려가다가, 마침내 손가락으로 하나를 짚는다.

「이거.」

플래글러 가와 16번가 사이에 있는 집이다. 250페소짜리다. 집주인을 찾아가 직접 상담해야만 한단다. 〈하이디〉라는 이름의 집주인이 9시부터 6시까지 방문을 받는단다. 지금은 오후 3시.

「지금 당장 가볼래.」

「아이, 세상에나!」 그녀가 나를 꼭 껴안는다.

「나 괜찮아 보여?」 내가 손으로 머리칼을 쓱쓱 빗으며 물어본다.

「좋아 보여요.」 그녀가 답한다.

「그렇다면 내가 직접 가서 그 여자와 얘기를 해볼게.」 내가 말한다.

나는 일어선다.

「나의 천사.」 프란시스가 서랍장에서 뭔가를 찾으며 말한다. 「이거 가져가서 집주인과 얘기할 때 혀 아래 넣고 말해요. 실패하지 않을 거예요.」

「뭐야?」

「계피 나무 가지예요.」 그녀가 말한다. 「행운을 줄 거예요.」

나는 그것을 받아 호주머니 속에 잘 챙긴다.

「그렇게 할게.」 내가 말한다. 나는 그녀의 한 손을 잡아, 손등에 입맞춤을 한다. 나는 거리로 나간다. 두 정신 지체자 중 나이가 많은 페페 옆을 지나면서 나는 그의 다 벗겨진 머리를 두 손으로 감싸 잡고 뽀뽀한다. 그가 내 손을 잡는다.

「꼬맹이, 나를 좋아하나?」 그가 묻는다.

「당연하죠!」

나는 그의 한 손을 잡아, 손등에 입맞춤한다.

「고맙네, 꼬맹이.」 그가 감동에 겨워 말한다.

「그럼 나는? 그럼 나는?」 또 다른 정신 지체자 르네가 제 의자에 앉은 채 말한다.

「당신도 좋아하죠.」 내가 말한다.

르네가 자리에서 일어나 다리를 질질 끌며 내게 다가온다. 그가 나를 꽉 껴안는다. 그러고는 신이 난다는 듯 큰 소리로 까르륵댄다.

「윌리엄, 그럼 나는요?」 콜롬비아 출신 난쟁이 나폴레옹이 묻는다. 「나도 좋아해요? 당신 생각에, 나도 가치 있는 사람인가요?」

「그럼.」 내가 말한다. 「당신도 그래요.」

그러자 그가 내게 와서는 내 허리를 꽉 껴안는다.

「고마워요, 윌리엄.」 그가 감동에 겨워 말한다. 「고마워요. 나 같은 죄인도 사랑해 줘서 정말 고마워요.」

나는 웃음이 난다. 나는 그의 포옹에 숨이 막힐 지경이다. 나는 플래글러 가를 향해 집에서 나간다.

플래글러 가와 8번가 사이쯤에 이르렀을 때, 늙은 양키 하나가 휠체어에 앉아 내게 담배를 구걸한다. 꼬질꼬질한 금발 턱수염에 누더기를 걸치고 있다. 다리가 하나 없다.

나는 그에게 담배 한 개비를 준다.

「*Sit down here, just a minute*(잠깐 여기 앉아 보쇼).」 그가 내 손을 잡으며 말한다.

나는 그자 옆에 있는 벤치에 앉는다.

「*Have a drink*(한 모금 하쇼).」 그가 허리춤에서 자두 와인 한 병을 꺼내며 권한다.

「*No*(아니에요).」 내가 말한다. 「*I have to go*(가야만 해요).」

「*Have a drink*(한 모금 하래도).」 그가 강권하다시피 한다. 그는 길게 한 모금 쭉 넘기더니, 내게 병째 건넨다. 나도 마신다. 맛있다. 한 모금 더 마신다.

「*Are you veteran of the Vietnam war*(베트남전 참전 용사세요)?」 내가 묻는다.

「*No*(아니).」 그가 대답한다. 「*I'm veteran of the shit war*(나는 씨팔전 참전 용사지).」

나는 웃음을 터트린다.

「*Okay*(알겠어요).」 나는 대답한다. 「*But maybe you fought in the second world war. Did you*(그렇담, 제2차 세계 대전에서도 싸웠겠네요, 그렇죠)?」

「*Oh, yes*(오, 물론)!」 그가 말한다. 「*I fought in the Madison Square Garden, and in Disneyland, too*(매디슨 스퀘어 가든에서도 싸웠고, 디즈니랜드에서도 싸웠지).」

그러더니 그가 별안간 분노에 차서 말한다.

「*Why you, cuban people, want to see all the time how brave we are? Go and fight your fucking mother*(도대체 왜 당신네 쿠바인들은 우리가 얼마나 용감한지를

보고 싶어 하는 거지? 당신들이 직접 나가서 싸우면 되잖아)!」

「*Sorry*(미안합니다).」 내가 말한다.

「*Dont worry*(신경 꺼).」 그가 조금은 차분해진 목소리로 말한다. 「*Have a drink*(마시게).」 그는 또다시 한 모금 들이켜더니 그 병을 다시 내게 건넨다. 나는 길게 세 모금을 마신다.

그가 흐뭇한 표정을 짓는다.

「*You are a nice fellow*(자네 괜찮은 친구로군).」 그가 말한다.

「*Thank you*(고마워요).」 나는 일어나며 말한다. 「*I have to go*(가봐야 해요).」

나는 그의 지저분한 손을 꽉 잡고 악수한다. 그 순간 한 미국 흑인이 〈*THANK YOU BUDDY*(고마워, 친구)〉라고 붉은 페인트로 대문짝만 하게 쓴 트럭을 몰고 지나간다.

노숙자 양키와 악수를 한 다음 나는 16번가를 향해 계속 걸어간다. 12번가에 도착했을 때 누군가가 내 이름을 부른다. 나는 뒤돌아본다. 나처럼 여기저기 정신 병원을 전전하던 막시모를 가까스로 알아본다. 그는 매우 수척해졌고, 꼬질꼬질한 넝마 옷을 걸치고 있다. 맨발이다.

「막시모!」 내가 악수하며 묻는다. 「도대체 무슨 일이 있었던 거야?」

「도망가는 편이 낫겠더라고.」 그가 말한다. 「자네처럼 나도 보딩 홈에 있었는데, 차라리 도망가는 게 더 낫겠다 싶었지. 거리로 말이야! 아니, 어디로든.」

「막시모.」 내가 말한다. 「지내던 곳으로 돌아가게, 젠장, 이 사람아. 자네 꼴이 영 말이 아니야.」

「돌아가란 말 하지 마.」 그가 격분한 눈으로 나를 노려본다. 「자꾸 그러면, 자네도 내 삶을 망치려는 음모에 가담한 걸로 생각하겠어.」

「무슨 음모를 말하는 거야, 막시모?」

「이게 음모지.」 그가 손으로 싹 쓸어 내는 시늉을 하며 말한다. 「창녀들과 게이 놈들.」 그가 말한다. 「모두가 창녀 아니면 게이 놈들이야.」

「막시모······.」 하지만 나는 더 이상 무슨 말을 해야 할지 나는 모르겠다. 그는 보딩 홈보다는 거리에서 사는 쪽을 바랐다. 자신이 지켜 내고 싶었던 자유를 선택한 것이다. 다른 보딩 홈에서 다른 쿠르벨로와, 다른 아르세니오와, 다른 레예스와, 다른 페페와, 다른 르네와 살기 전에 누렸던 바로 그 자유를.

「더 이상 내게 아무 말도 하지 않는 게 좋겠어.」 그가 말한다. 「혹시 커피 한잔 할 돈 있나?」

나는 호주머니에서 25센트짜리 동전을 꺼내 그에게 준다.

「아무튼 그냥 그렇다고.」 막시모가 말한다. 「아무튼 그냥 그런 거고, 결론은, 쿠바로는 절대 돌아가고 싶지 않다는 걸세.」

나는 그를 바라본다. 그는 지금 자신의 자유를 지켜 내고 있는 것이다. 이리저리 떠돌아다니며 서서히 자신을 파괴할 자유. 그럼에도 지키고 싶은 자유. 나는 그를 껴안는다. 그러고는 뒤돌아선다. 나는 가던 길을 계속 걸어간다.

나는 몇 블록인가를 더 걸어가다 16번가에 있는 노란색 2층집 앞에 멈춰 선다. 신문 광고에서 봤던 바로 그 주소가 맞다. 대문은 열려 있다. 나는 하이디 부인

이 사는 아파트 6호실을 찾는다. 막 칠한 것 같은 페인트 냄새가 난다. 쾌적한 분위기다. 나는 숫자 6이 적혀 있는 문으로 가서 초인종을 누른다. 기다린다. 안에서 개 한 마리가 짖는다. 이윽고 문이 열리더니 쉰 살쯤 돼 보이고 몸집이 좀 있는 여자가 나온다.

「하이디 씨?」내가 말한다. 「신문 광고를 보고 왔습니다.」

「들어와요.」그녀가 상쾌한 목소리로 말한다.

나는 들어간다. 소파에 앉는다. 그녀는 맞은편 고리버들 의자에 앉는다. 내 얼굴을 살핀다.

「아바나 출신 아닌가요?」

「맞습니다.」

「혹시 가족이 렉스 극장 근처 산라파엘 가에서 살지 않았나요?」

「맞아요.」나는 놀라서 대답한다.

「혹시 아버지가 국회 의사당 근처에서 법률 사무소를 운영하던 변호사 피게라스 박사님 아니신가요?」

「맞아요.」

「어머니 이름이 카르멜라가 아니었나요?」

「맞아요, 맞아!」 나는 웃으며 소리친다.

「얘야!」 그녀가 반가워하며 말한다. 「난 네 엄마의 정말 오래된 친구란다. 우린 함께 〈에이본〉 물건들을 팔았지.」

「아니 세상에, 어떻게 이런 일이!」 내가 말한다.

「아파트 때문에 온 거니?」

「네.」 내가 말한다. 「두 사람이 지낼 거예요. 아내랑 저랑.」

「좀 둘러보겠니?」

「네.」

그녀가 자리에서 일어나 진열장으로 간다. 서랍을 열고 열쇠 뭉치를 꺼낸다. 그녀는 연신 미소를 짓는다.

「네가 오다니, 내가 정말 운이 좋은 것 같구나!」 그녀가 말한다. 「이상한 사람들에게 방을 내주기는 정말 싫었거든.」

우리는 나간다. 어두운 복도를 통해 걸어가 2호실이라고 표시된 문 앞에 멈춰 선다. 하이디가 문을 연다. 우리는 안으로 들어간다.

〈정말 멋져!〉 나는 들어가며 생각한다.

지금 막 페인트칠을 끝낸 아파트이다. 탁 트여 널찍하고 볕도 잘 든다. 부엌도 새것이다. 냉장고도 마찬가지다. 커다란 2인용 침대에 팔걸이 의자 세 개, 진열장도 있다.

「옷장은 여기 있고……」 그녀가 커다란 옷장을 열면서 말한다.

「너무 좋네요.」 내가 흥분에 겨워 말한다. 「제가 입주할게요.」

「지금 바로?」 하이디가 묻는다.

「아니요, 내일요. 내일까지 좀 맡아 주실 수 있겠어요?」

그녀가 웃는다.

「물론이지.」 그녀가 대답한다. 「보통은 그렇게 잘 안 해주지만, 너니까 내가 특별히 맡아 놓을게.」

「감사해요, 하이디……」

「네 엄마와 나는 정말 절친한 친구였단다.」 그녀가 말한다. 「정말 친했지!」

그녀가 내 팔을 잡는다.

「여기서 지내면 아무 문제 없을 거야.」 그녀가 말한

다. 「여기 사는 사람 모두 조용한 사람들인 데다가, 시장도 가깝고 말이야. 게다가 나도 있고.」

「전기세는 무료인가요, 하이디?」

「전기료와 가스비는 집세 250페소에 다 포함되어 있단다. 하지만 이번 달에는 1백 페소를 더 내야 해. 집주인에게 내는 보증금으로 말이야.」 그녀가 설명한다. 「내 마음 같아서는 돈이고 뭐고 할 것 없이 그냥 와서 살라고 하고 싶은데.」

「알아요.」 내가 말한다.

우리는 잠시 더 얘기한다. 아바나 얘기며, 우리 둘 다 아는 친구들 얘기, 몇 달 뒤에 그녀가 쿠바로 여행 갈 거라는 얘기. 그리고 또 우리 둘 다 미국에 오기 전에 지냈던 마드리드에 대해서도 얘기한다. 그러다 마침내 나는 그녀에게 악수를 청한다.

「좋아요, 하이디, 내일 오후까지 좀 기다려 주세요.」

그녀가 내게 다가와 내 볼에 입맞춤을 한다.

「너를 이웃으로 맞게 되다니 너무 기쁘구나!」 그녀가 말한다. 「여기서 잘 지낼 게야.」

나도 그녀의 얼굴에 입을 맞춘다.

「안녕히 계세요, 하이디.」 나는 현관문을 향해 뒤돌아서며 인사한다.

「내일 보자.」 그녀가 현관문에서 손을 흔들며 나를 배웅한다.

나는 다시 거리로 나온다. 해가 지기 시작한다. 보도에 몇 초간 멈춰서 깊이 숨을 내쉰다. 빙그레 웃음이 절로 난다. 지금 이 순간 내 옆에 프란시스가 있었으면 좋겠다는, 그래서 그녀를 힘껏 안고 싶다는 생각이 든다. 천천히, 느긋하게. 나는 보딩 홈으로 돌아온다.

오후 6시가 다 되어 보딩 홈에 도착한다. 쿠르벨로 씨는 이미 퇴근했고, 지금 그의 책상에는 보딩 홈의 실질적 책임자인 아르세니오가 언제나 그렇듯 버드와이저 캔을 들고 앉아 있다.

「이봐, 마피아.」 그가 이제 막 집에 들어오는 나를 부른다. 「잠깐 여기 좀 앉아 봐. 우리 얘기 좀 해.」

나는 그자 옆에 있는 의자에 앉는다. 그의 얼굴을 쳐다본다. 나는 그가 몹시도 싫지만, 뭔가 측은하다는 생각이 든다. 그는 겨우 서른두 살 먹었을 뿐인데, 인생에서 할 줄 아는 거라곤 술 마시기와 숫자 게임뿐이다. 한 방에 1천 페소를 벌 꿈이나 꾸고, 그런데…….

「마피아, 오늘 밤에 숫자 38이 나와서 내가 상금을 타게 되면, 그 돈으로 트럭 한 대를 사서 폐품 상자 수거 사업을 시작해 볼까 해. 판지 1톤에 얼마나 주는지 알아? 무려 70페소라고! 나랑 트럭 타고 다니면서 그 일 좀 함께 해보지 않겠어?」

「일단, 먼저 숫자 38이 나와야 되겠군.」 내가 말한다. 「그런데, 내가 봤을 때, 자넨 분명 술값으로 매일 1백 페소씩은 써버릴 거 같은데.」

그가 웃음을 터트린다.

「술은 끊을 거야.」 그가 말한다. 「자네한테 맹세컨대, 술을 끊겠어.」

「자넨 이미 늦었어.」 내가 말한다. 「친애하는 친구, 자네는 짐승이니까.」

「왜 그래?」 그가 묻는다. 「왜 나를 존중하지 않지, 마피아? 왜 아무도 나를 좋아하지 않는 거냐고?」

「자네 삶은 완전 실패작이니까.」 내가 말한다. 「쓰레기 구덩이 같은 이곳에 자리를 잡았지. 돈이 필요하면 미친놈들에게 빼앗지. 여자를 품고 싶으면 늙어 빠진 힐다를 취하지. 쿠르벨로가 자네를 착취해도, 자네는 그저 행복하잖아. 그리고 미친놈들을 두들겨 패지. 이래라저래라 경사 나리처럼 명령을 해대지. 상상력도 없고 말이야.」

그는 다시 웃는다.

「언젠가는 왕좌에 오를 거라고!」 그가 말한다.

「〈왕좌에 오른다〉라는 말이 무슨 뜻이야?」 내가 묻는다.

「옛 범죄자들의 말에 따르면, 왕좌에 오른다는 말은, 크게 한 방 올리는 것을 뜻하지. 뭔가 큰 걸 훔친다고도 할 수 있고. 10만 페소쯤. 아니, 20만 페소쯤 말이야. 지금 자네가 쳐다보고 있는 바로 나, 아르세니오가, 바로 여기서 크게 한 방을 계획하고 있단 말이지. 나는 왕좌에 오를 걸세. 왕좌에 오르고 말 거야! 그럼 그때 자네에게 이렇게 말하겠네. 〈마피아, 2백 페소 가지게. 부족한가? 그럼 3백 페소 가져!〉」

「자네는 몽상가로군.」 내가 말한다. 「술이나 마시게. 자네가 최고로 잘하는 것 아닌가?」

「내가 어찌 될지 곧 보게 될 거라고!」 그가 말한다. 「아마 금 목걸이를 한 스무 개쯤 목에 두르고, 쭉쭉 빵빵한 금발 아가씨를 옆에다 끼고서 마이애미를 신나게 활보하는 내 모습을 보게 될 거라고! 금칠한 캐딜락을 몰고 다니는 걸 보게 될 거야! 한 3백 페소쯤 하는 시계를 차고, 6백 페소쯤 하는 양복을 걸치고 다니는 걸 보게 될 거라니까! 곧 보게 될 거라고, 마피아!」

「부디 왕좌에 오르길!」 내가 말한다.

「곧 보게 될 거야!」

나는 일어선다. 뒤돌아 여자들 방을 향해 걸어간다. 방에 도착한 나는, 문을 부드럽게 밀고, 안으로 들어간다. 프란시스가 침대에 앉아 두 개의 큰 종이 상자에 옷을 정리하고 있다. 나는 그녀에게 천천히 걸어가 그녀의 허리를 감싸 안는다. 그녀의 목에 키스한다.

「나의 천사!」 그녀가 묻는다. 「집주인 여자는 만나 봤어요? 집도 구했고요?」

「응.」 내가 말한다. 「내일 이 시간에 우리는 깨끗하고 달콤한 침대에서 함께 잠을 자고 있을 거야.」

「오, 하느님, 맙소사!」 그녀가 천장을 올려다보며

말한다. 「오, 하느님, 맙소사!」

「식당이 하나 있고.」 내가 말한다. 「방 하나. 부엌 하나. 욕실 하나. 전부 다 깨끗하고, 예쁘고, 이제 막 페인트칠도 되었고. 모든 게 다 우리를 위한 거야.」

「나의 천사, 나의 천사! 키스해 줘요!」

나는 그녀의 입술에 키스한다. 그녀의 옷 위로 봉긋한 가슴을 지그시 움켜쥔다. 좋은 냄새가 난다. 살을 조금 더 찌우고, 몸을 조금 더 잘 돌보면, 지금보다 훨씬 더 예쁠 것이다. 나는 그녀를 침대에 부드럽게 눕힌다. 그녀의 신발을 벗긴다. 나는 문으로 가서 빗장을 잠근다. 이번에는 그녀 스스로 옷을 벗는다.

「내일이면……」 그녀 안으로 천천히 들어가며 내가 말한다. 「내일이면 우리 둘만의 집에서 지금처럼 이렇게 하고 있을 거야.」

「나의 천사.」 그녀가 말한다.

오늘 밤 나는 다시 아바나에 있는 꿈을 꿨다. 나는 23번지에 있는 장례식장 홀에 있었다. 수많은 친구들이 나를 둘러싸고 있었다. 우리들은 커피를 마시고 있었다. 갑자기 흰색 문이 활짝 열리더니 10여 명의 늙은 여자들이 곡을 하며 거대한 관 하나를 짊어지고 안으로 들어온다. 한 친구가 팔꿈치로 옆구리를 쿡 찌르더니 내게 말한다.

「저 안에 피델 카스트로를 싣고 오는 거야.」

우리는 뒤돌아본다. 늙은 여자들이 오열하며 장례식장 한가운데에 관을 내려놓고 나갔다. 그 순간 관이 열렸다. 피델은 먼저 손을 뺐다. 그런 다음 상반신을 일으켰다. 마침내 관에서 완전히 빠져나왔다. 군복 정장을 말쑥하게 차려입고, 한껏 미소를 지으며 우리들에게 다가왔다.

「나를 위한 커피는 없나?」 그가 물었다.

누군가 그에게 커피 한 잔을 가져다주었다.

「음, 우리는 이미 다 죽었지.」 피델이 말했다. 「하지만 죽는다고 모든 게 해결되는 건 아니란 걸 이제 곧 알게 될 거네.」

나는 잠에서 깼다. 벌써 아침이다. 중요한 날이다. 3시간 뒤에 사회 보장 연금에서 보내오는 수표들이 배달될 거고, 프란시스와 나는 이 보딩 홈을 떠날 것이다. 나는 침대에서 뛰어내린다. 더러운 수건과 비누 조각을 주워 들고 욕실로 향한다. 몸을 씻는다. 오줌을 눈다. 비누며 수건이며 더 이상 필요치 않을 것을 알기에 욕실에 그냥 놔둔다. 거실로 간다. 미친놈들은 아침밥을 먹는 중이고, 프란시스는 저기 저 구석 자리 텔레비전 옆에 앉아 있다.

「잠을 잘 수 없었어요.」 그녀가 내게 말한다. 「이제 우리 가요!」

「기다려야 해.」 내가 말한다. 「10시에 수표가 도착할 거야.」

「진정해.」 내가 말한다. 「좀 진정하라고. 짐은 다 챙겼어?」

「네.」

「그러니 진정해.」 내가 그녀의 머리에 입맞춤을 하며 타이른다.

나는 그녀를 바라본다. 오늘 오후에는 그 깨끗하고 부드러운 침대에서 그녀와 사랑을 나누고 있을 거라는 상상만 해도 내 물건이 단단해진다.

「진정해.」 나는 그녀의 옷 속으로 손을 슬며시 집어

넣어 가슴을 부드럽게 움켜쥐며 말한다.「진정해……」

나는 그녀를 풀어 준다. 호주머니에 손을 넣으니, 25센트짜리 동전이 두 개 있다. 좋다. 커피를 마셔야지. 일간지를 한 부 사서 수표가 도착할 때까지 벤치에 앉아 그걸로 2시간을 때우고 있어야지. 나는 그녀의 입술에 입맞춤을 한다. 길모퉁이 카페테리아로 향한다.

아름다운 아침이다. 실로 오랜만에 파란 하늘과 새들, 그리고 구름들을 쳐다본다. 커피를 한 잔 마시고, 담뱃불을 붙이고, 오늘의 신문을 뒤적거리는 이 모든 일들이 갑자기 달콤한 일로 변하다니. 실로 오랜만에, 내 어깨를 짓누르고 있던 무거운 짐이 한순간 사라져 버린 것 같은 기분이다. 내 두 다리는 뛰어 보라고 한다. 내 두 팔은 제 힘을 시험해 보고 싶다고 한다. 나는 길바닥에서 돌멩이 하나를 집어, 저 멀리 황량한 들판을 향해 던진다. 어린 시절에 내가 꽤 괜찮은 야구 선수였던 것이 기억난다. 나는 멈춰 선다. 상쾌한 아침 공기를 들이마신다. 두 눈에 기쁨의 눈물이 고인다. 카페테리아에 도착해서 커피를 주문한다.

「맛있게 만들어 줘요.」 나는 여자에게 말한다.

여자는 미소를 지으며 커피를 내린다.

「당신만을 위한 특제 커피입니다.」 여자가 커피를 따르며 말한다.

나는 세 번쯤 홀짝여 본다. 맛이 좋다. 신문도 달라고 한다. 여자가 신문을 가져온다. 나는 값을 치른다. 뒤돌아 나와 깨끗하고 조용한 장소가 있나 눈으로 쓱 훑어본다. 나무 그늘 옆 하얀 돌담이 눈에 들어온다. 거기 가서 앉는다. 신문을 펼치고 영혼의 충만한 평화 속에서 기사들을 읽기 시작한다.

옛 남자 친구가 납치, 재갈 물리고 살해
용감한 헬기 조종사들, 어둠 속에서 사활의 위기
러시아 지도자들 무기 생산 중단 제안

누군가 내 옆에 와서 선다. 고개를 든다. 프란시스다. 그녀는 내 뒤를 따라왔다. 내 옆에 앉는다. 내 팔을 잡는다. 내 가슴에 머리를 파묻고 몇 초간 조용히 있는다.

그녀가 마침내 속삭인다. 「집배원이 도착했어요.」

「수표가 배달됐나?」

「모르겠어요.」 그녀가 말한다. 「그 사람……. 쿠르벨로가 봉투들을 통째로 가져갔어요.」

「가자!」 내가 말한다.

나는 담벼락 위에 신문을 놓고, 일어난다. 그녀의 팔을 잡아 부드럽게 일으킨다. 그녀는 떨고 있다.

「오, 주님, 맙소사!」 그녀가 하늘을 쳐다보며 말한다.

「진정해…….」 나는 그녀를 부드럽게 끌어당기며 타이른다.

「집은 예쁘다고 했죠, 나의 천사?」

「암, 완벽하지.」 나는 그녀의 어깨를 잡으며 말한다. 「식당, 방, 부엌, 욕실, 커다란 2인용 침대, 진열장, 의자 세 개…….」

우리는 보딩 홈을 향해 걸어간다.

우리는 집에 도착하자마자 갈라진다. 그녀는 남은 물건들을 마저 챙기러 자기 방으로 가고, 나는 내 짐을 가지러 내 방으로 간다. 내가 쿠르벨로 씨의 책상 옆을 지나는데, 아니나 다를까, 쿠르벨로가 사회 보장 연금 수표가 든 봉투들을 열어 보고 있는 게 아닌가. 애꾸눈 레예스가 그에게 다가가 담배를 달라고 한다.

「저리 꺼져!」 쿠르벨로가 말한다. 「일하고 있는 게 안 보이나?」

나는 미소 짓는다. 나는 내 방으로 곧장 간다. 가방을 집어, 셔츠 두세 장, 책들, 웃옷 한 벌 그리고 구두 한 켤레를 넣는다. 가방을 닫는다. 모두 합쳐 50권이 넘는 책 때문에 무게가 제법 나간다. 영국 낭만주의 시인들의 시선집은 내 호주머니에 넣는다. 마지막으로 방을 한번 쓱 둘러본다. 피자집에서 일하는 미친놈이 침대에서 입을 벌린 채 코를 골며 자고 있다. 조그만 바퀴벌레 한 마리가 그의 얼굴 위를 기어간다. 나는 방에서 나온다. 쿠르벨로 씨의 책상 곁에 가서 가방을 바닥에 툭 내려놓는다. 그가 의문에 찬 눈빛으로 나를 바라본다.

「내 수표를 주세요.」 내가 그에게 말한다. 「떠나겠습니다.」

「일을 그런 식으로 처리하는 건 아니지.」 그가 말한

다. 「그걸 자네에게 주기야 하겠지만, 일을 그런 식으로 처리하는 건 아니라고. 보름 전에 미리 내게 알려 줬어야 해. 침대를 하나 생짜로 비워 두고 나가 버리겠다는 건가? 내 입장에서 그건 돈을 버리는 거나 마찬가지야.」

「미안하지만, 수표를 주셨으면 합니다.」

그는 봉투 뭉치 사이에서 수표를 찾는다. 그걸 꺼낸다. 내게 준다.

「썩 꺼져 버려!」 잔뜩 화가 나서 소리친다.

나는 거기서 나온다. 거실 한편에 가방을 내려놓고, 여자들 방으로 간다. 프란시스가 다 꾸린 종이 상자를 들고 거기 있다. 나는 그녀에게 내 수표를 보여 준다.

「가서 당신 것을 달라고 해.」 내가 말한다.

그녀는 쿠르벨로에게 간다. 나는 그녀의 침대에 앉아 그녀를 기다린다. 생각보다 훨씬 더 긴 시간이 흘렀을 때, 창백해진 얼굴을 한 그녀가 빈손으로 되돌아온다.

「내게 수표를 주기 싫은가 봐요.」 그녀가 말한다.

「왜?」 나는 화가 나서 묻는다. 그러고는 곧바로 방

에서 나와 쿠르벨로의 책상 쪽으로 간다.

「프란시스의 수표도 주시죠.」나는 그자 앞에 서서 말한다. 「그녀도 나와 함께 갈 겁니다.」

「가당치도 않아.」쿠르벨로가 안경 너머로 쏘아보며 대꾸한다.

「왜죠?」

「프란시스는 환자니까.」그가 말한다. 「그 여자의 엄마가 직접 그녀를 이 보딩 홈으로 데려와서 나한테 맡겼어. 그러니 난 그 여자에게 생기는 모든 일에 책임을 져야 하는 책임자야.」

「책임자라니요!」나는 분노에 차 소리친다. 「더러운 침대보에, 걸레 같은 수건을 주는 책임자라. 여기저기 오줌 구덩이에, 사람은 도저히 먹을 수도 없는 음식을 제공하는 책임자라!」

「다 거짓말이야!」그가 말한다. 「이 보딩 홈은 질서 있게 잘 운영되고 있어!」

격분한 나는 그에게 다가가 그의 손에서 수표 뭉치를 확 낚아챈다. 그가 자리에서 벌떡 일어난다. 내게서 그 수표 뭉치를 빼앗으려 하는데, 오히려 내가 그를 밀쳐서 쓰레기통 위로 자빠뜨린다.

「아르세니오!」 그가 쓰레기 더미에 쓰러진 채 소리친다. 「아르세니오!」

나는 재빨리 프란시스의 수표를 찾는다. 찾았다. 나는 수표를 호주머니에 넣고 나머지 봉투들을 그의 책상 위로 훅 던진다. 프란시스가 문에서 나를 기다린다.

「나가!」 나는 그녀에게 소리친다.

그녀는 커다란 종이 상자 두 개를 들고 나간다. 그 뒤로 내가 무거운 가방을 들고 나간다.

「나의 천사……」 프란시스가 말한다.

「가!」 내가 말한다. 「여기서 도망쳐야 해!」

「무거워요!」 그녀가 종이 상자를 가리키며 말한다.

나는 그녀 손에서 종이 상자 하나를 빼앗아 내 가방과 함께 든다.

「아르세니오!」 저쪽 안에서 쿠르벨로 씨의 고함 소리가 들려온다.

우리는 16번가 쪽으로, 우선 1번가를 빠르게 걸어간다. 하지만 7번가에 이르렀을 즈음, 내 낡고 커다란 가방이 완전히 쩍 벌어지는 바람에, 책들이며 옷가지며 전부 바닥에 와락 쏟아져 버린다. 나는 쭈그리고 앉아 책들을 급히 줍는다. 몇 권은 가방 여기저기에 마구 쑤셔 넣는다. 경찰 사이렌이 울리더니, 그 순간 순찰차 한 대가 우리의 길을 막아서며 멈춰 선다. 그 차에서 쿠르벨로와 경찰관 하나가 내린다.

「이봐, 촌놈……」 경찰이 내 팔 하나를 잡으며 말한다. 「입 닥치고 가만히 있어. 이자가 바로 그놈인가요?」 경찰이 쿠르벨로 씨에게 묻는다.

「네.」 쿠르벨로가 대답한다.

「이봐, 촌놈.」 심드렁한 목소리로 관심 따위 전혀 없다는 듯 경찰관이 말한다. 「그 수표 내놓으시지.」

「이건 우리 거예요!」 내가 말한다.

「이 자식은 미쳤어요.」 그때 쿠르벨로 씨가 말한다. 「배은망덕한 놈이죠. 약도 안 먹은 상태고.」

「촌놈, 이제 그만 내놓으라고.」 경찰이 말한다.

그에게 그 수표를 내놓아서는 안 된다. 하지만 수표가 내 셔츠 주머니에 꽂혀 있는 게 보이자, 그는 그것을 휙 꺼내 간다.

「문제가 이만저만이 아닌 놈입니다.」 쿠르벨로 씨가

말한다.

나는 프란시스를 바라본다. 그녀가 운다. 그녀는 바닥에 웅크리고 앉아 흩어져 있는 책들을 아직도 주워 담고 있다. 그녀가 분노에 차 쿠르벨로를 노려보며 책 한 권을 그의 얼굴에 던진다. 경찰이 내 팔을 잡아끌어 경찰차로 데려간다. 뒷문을 열더니 내게 올라타라고 한다. 나는 올라탄다. 그가 차 문을 닫는다. 경찰은 쿠르벨로 씨에게 간다. 그들 둘이서 잠시 소곤댄다. 그리더니 쿠르벨로가 바닥에서 프란시스를 일으키고, 종이 상자를 집어 드는 것이 보인다. 그러고는 그녀의 팔을 붙잡고 보딩 홈 쪽으로 끌고 가기 시작한다.

경찰은 바닥에 이리저리 떨어져 있는 내 물건들을 다 줍더니 순찰차 트렁크에 마구잡이로 집어넣는다. 그러고는 차에 올라타 핸들을 잡는다.

「이봐 촌놈, 미안하게 됐군.」 그가 시동을 걸면서 말한다.

순찰차가 신속하게 출발한다.

순찰차는 마이애미 시내를 가로질러 북쪽 동네로

진입했다. 마침내 커다란 회색 빌딩 앞에 멈춰 섰다. 경찰이 차에서 내린 다음, 뒷문을 열었다.

「내려.」 그가 명령했다.

나는 내렸다. 그가 내 팔을 세게 잡고 크고 조명이 잘 되어 있는 로비 같은 곳까지 데려갔다. 우리는 〈입원〉이라고 쓰여 있는 작은 사무실 앞에 멈춰 섰다. 경찰이 내 어깨를 툭툭 밀었고, 그렇게 우리는 그 안으로 들어갔다.

「앉아.」 그가 명령했다.

나는 긴 의자에 앉았다. 경찰은 책상 쪽으로 가더니 흰색 가운을 입은 젊은 여자와 소곤댔다. 그러고는 뒤돌아보며 내게 말했다.

「어이, 촌놈, 이리로 가까이 좀 와봐!」

나는 그에게 다가간다.

「자넨 지금 병원에 있는 거야.」 그가 내게 말한다. 「다 치료될 때까지 여기서 지내게 될 거야. 알겠나?」

「난 아무 문제 없다고요.」 내가 말한다. 「그저 내 여자랑 제대로 된 곳에 가서 살고 싶을 뿐이라고요.」

「그건……」 경찰이 말한다. 「그건 나중에 의사들한

테나 설명하라고.」 경찰은 권총집을 툭툭 치며 말한다. 그러고는 책상에 앉아 있는 여자에게 미소를 날린다. 그런 다음 천천히 사무실에서 나간다. 그러자 여자가 일어나서, 서랍에서 열쇠 꾸러미를 집어 들더니 내게 말한다.

「*Come with me*(따라와요).」

나는 그녀를 따라간다. 그녀는 열쇠 하나를 집어, 큰 문을 열고, 더럽고 어두침침한 홀로 나를 밀어 넣는다. 그곳에는 회색의 긴 턱수염이 난 한 남자가 거의 벌거벗은 채 니체의 〈차라투스트라〉의 한 부분을 큰 소리로 읊어 대고 있다. 아무 말 없이 담배 한 개비를 돌려 피우고 있는 거지꼴을 한 흑인들이 있다. 한쪽 구석에는 숨죽여 흐느끼다 못해 〈엄마, 어디 있어요!〉라고 울고불고하는 백인 소년도 보인다. 바보같이 얼빠진 표정으로 나를 쳐다보는 풍채 좋은 흑인 여자가 있다. 가슴이 너무 커서 배꼽까지 축 늘어진 창녀 같은 모습의 백인 여자도 있다. 이미 밤이다. 나는 철제 침대가 즐비한 침실로 이어지는 긴 복도를 따라 걸어간다. 복도 한쪽 모퉁이에서 공중전화를 발견한다. 호주머니에서 25센트짜리 동전을 꺼내 전화기에 넣는다. 보딩 홈의 전화번호를 누른다. 기다린다. 세 번의 신호음이 울리자 아르세니오가 받는다.

「마피아?」 그가 내게 묻는다. 「자네야?」

「나야.」 내가 말한다. 「프란시스 좀 바꿔 줘.」

「지금 자기 방에 있어.」 아르세니오가 말한다. 「쿠르벨로가 혈관에 마취제를 주사했더니, 침대에 누워 있어. 소리를 막 질러 댔지. 먹는 것도 거부했고. 또 손으로 옷을 다 찢기까지 했어. 마피아……. 그 여자에게 도대체 무슨 짓을 한 거야? 너 때문에 여자가 미쳤다고!」

「상관하지 마.」 내가 말한다. 「내가 내일 다시 전화할게.」

「여기에 자네 책들이 다 있어.」 아르세니오가 말한다. 「경찰이 책들을 모조리 가져왔더라고. 마피아, 남자 대 남자로 말하는데, 왜 자네가 도로 반미치광이가 되었는지 알아? 책을 읽어서 그래.」

「상관 마. 자넨 그냥 숫자 38이 나오기나 빌어.」

「난 확신한다니까.」 아르세니오가 말한다. 「마이애미를 신나게 활보하는 나를 보게 될 거야! 보게 될 거라고!」

「나중에 다시 전화할게.」 내가 말한다.

「그래, 나중에 봐.」 아르세니오가 대답한다.

나는 전화를 끊는다. 수화기를 막 내려놓자마자, 내 이름을 부르는 소리가 중앙 홀로부터 들려온다. 나는 그쪽으로 간다. 흰 가운을 입은 한 남자가 나를 기다리고 있다.

「당신이 윌리엄 피게라스 씨?」

「네, 접니다.」

「안으로 들어와요. 당신과 얘기하고 싶어요. 나는 파레데스 박사예요.」

나는 창문도 없는 작은 진료실로 들어간다. 책상 하나와 의자 세 개가 있다. 벽은 작가 어니스트 헤밍웨이의 초상화들로 장식되어 있다.

「헤밍웨이의 팬이세요?」 나는 자리에 앉으면서 묻는다.

「작품들을 읽었죠.」 파레데스 박사가 말한다. 「꽤 읽었어요.」

「『멕시코 만류의 섬들』 읽어 보셨어요?」

「네.」그가 말한다.「그러는 당신은『오후의 죽음』이란 작품을 읽어 봤습니까?」

「아니요.」내가 답한다.「하지만『움직이는 축제일』은 읽었어요.」

「굉장하군요.」박사가 말한다.「어쩌면 우리는 서로 좀 더 잘 이해할 수 있을 것 같다는 생각이 드네요. 자, 한번 봅시다, 윌리엄, 무슨 일이 있었던 거죠?」

「다시 자유로워지고 싶었어요.」내가 말한다.「살던 곳에서 도망쳐서 새로운 삶을 살고 싶었어요.」

「아가씨 하나를 데려가고 있었죠?」

「네.」내가 말한다.「장차 내 아내가 될 프란시스요. 그녀가 나랑 함께 있었죠.」

「경찰은 그게 납치였다던데요.」

「경찰이 거짓말한 거예요. 보딩 홈 주인인 쿠르벨로 씨가 경찰에게 했던 말을 그저 그대로 되풀이한 거라고요. 그녀와 나는 서로 사랑하는 사이예요.」

「〈사랑〉이라, 정말 그 〈사랑〉이란 걸 말하는 건가요?」파레데스 박사가 묻는다.

「네, 사랑이요.」내가 말한다.「뭐 아직 그리 위대한

사랑은 아니었지만요. 하지만 우리 둘 사이에 뭔가가 막 꽃을 피우던 참이었어요.」

「목소리들이 들리나요, 윌리엄?」

「전에는 그랬죠.」 내가 답한다. 「하지만 이제는 들리지 않아요.」

「환영도 보입니까?」

「전에는 그랬죠. 하지만 이제는 환영도 보이지 않아요.」

「무엇이 당신을 치유했죠?」

「프란시스요.」 내가 대답한다. 「내 곁에 그녀가 있다는 것만으로도 새로운 힘이 마구 솟아났어요.」

「당신이 말한 모든 게 사실이라면, 내가 직접 당신을 돕겠습니다.」 파레데스 박사가 말한다. 「여기서 며칠만 지내고 있어요. 내가 개인적으로 그 문제를 해결하도록 노력해 볼게요. 쿠르벨로 씨와 얘기해 보죠.」

「그 작자를 아세요?」

「네.」

「그자가 어떤 사람이라고 생각하죠?」

「사업가죠. 제대로 된 사업가요.」

「딱 그렇죠.」 내가 말한다. 「게다가 개자식이고요.」

「좋아요.」 파레데스 박사가 말한다. 「이제 나가도 됩니다. 내일 다시 얘기합시다.」

「담배 하나 주겠어요?」

「그래요.」 그가 말한다. 「통째로 넣어 둬요.」

그가 얼추 다 차 있는 윈스턴 갑을 내민다. 나는 그것을 받아 호주머니에 넣는다. 나는 진료실에서 나온다. 나는 다시 다른 미친놈들이 있는 홀로 돌아온다. 〈차라투스트라〉를 암송하던 남자가 흑인 여자를 구석에 몰아넣고 강제로 그녀의 옷을 들춰 올리기 시작하는 바로 그 찰나에, 난 그 자리에 도착한다. 여자는 남자의 손아귀에서 벗어나려고 안간힘을 쓰고 있다. 〈차라투스트라〉를 암송하는 남자는 여자를 바닥에 내동댕이치고, 그녀의 넓적다리를 더듬어 올라가, 더 안쪽에 자리한 음부까지 만지기 시작한다. 그러면서 저승에서 들려오는 듯한 목소리로 암송한다.

나는 산과 계곡 사이를 걸었노라.
그리고 나는 내 발밑에 온 세상을 가졌노라.

죄를 뉘우치는 자, 견뎌라!

믿음을 갖고 싶은 자, 믿음을 가져라!

반항하는 자, 공격하고 죽여라!

나는 거기서 나와서 철제 침대들이 놓인 방으로 향한다. 졸린다. 철제 침대들 중 하나로 가서 쓰러져 눕는다. 나는 프란시스 생각을 한다. 침례교회 대문 앞에서 내 옆에 앉아 내 옆구리에 어깨를 파묻고 있던 그녀를 떠올린다.

〈나의 천사……. 공산주의자였던 적이 있나요?〉

〈응.〉

〈나도요. 초창기 시절. 초창기 시절에요…….〉

나는 잠이 든다. 프란시스와 내가 채소밭을 가로질러 달아나는 꿈을 꾼다. 갑자기 저 멀리 자동차의 전조등 불빛이 보인다. 쿠르벨로 씨의 자동차다. 우리는 모습을 들키지 않게 바닥에 납작 엎드린다. 쿠르벨로 씨는 채소밭 고랑 사이로 자동차를 몰고 다가온다. 바로 우리 옆에 차를 멈춘다. 그는 우리를 못 본 척한다. 프란시스와 나는 서로 손을 꼭 잡은 채 땅속에 몸을 묻다시피 하고는 계속 납작 엎드려 있다. 쿠르벨로가 스쿠버 낚시용 수중 작살 총을 들고 차에서 내린다. 그의 두꺼비 같은 발이 나를 꾹 밟고 있다.

「여기 철갑상어가 두 마리 있군!」 그는 아주 크게 소리 지른다. 「커다란 철갑상어가 두 마리 있어! 이번에야 말로, 내가 1등을 하겠군. 황금 트로피는 내 거야. 내 거라고!」

프란시스와 나는 그의 발밑에서 입속에 흙을 잔뜩 물고 있다.

나는 주립 병원에서 일곱 날을 보냈다. 한 번 더 보딩 홈으로 전화를 걸었지만, 프란시스가 여전히 정신을 차리지 못한 상태로 침대에 누워 있다는 아르세니오의 전언만 거듭 들을 수 있었다. 나는 더 이상 전화할 수 없었다. 동전도 다 떨어졌다. 담배도 다 떨어졌다.

이레째 되는 날, 파레데스 박사가 나를 다시 진료실로 불렀다.

「줄 게 있어요.」 그가 말한다.

그가 헤밍웨이의 브로마이드를 꺼내 내게 준다.

「선물인가요?」

「네, 삶에 믿음을 좀 가져 보라고요.」

「좋아요.」 내가 말한다. 「근데 이걸 어느 벽에 걸죠?」

「걱정 마세요. 아마도 당신이 이사하려고 했던, 그 볕 잘 드는 깨끗한 방에 걸어 둘 수 있을 겁니다.」

「프란시스도 그 집으로 오게 될까요?」

「그건 좀 지켜봐야만 해요.」 그가 말한다. 「지금 나랑 같이 쿠르벨로 씨를 만나러 갑시다. 만일 그 아가씨가 당신과 함께 가길 원한다면, 아무도 그걸 막을 수는 없을 겁니다.」

「너무 기뻐요.」 내가 말한다.

「여기는 자유 국가잖아요.」 파레데스가 말한다.

「그래요, 믿습니다.」 내가 말한다.

나는 헤밍웨이의 브로마이드를 바라본다. 슬픈 모습의 헤밍웨이다. 나는 헤밍웨이가 슬퍼 보인다고 파레데스에게 얘기한다.

「그때 이미 병이 깊었죠.」 파레데스가 말한다. 「이 사진은 그가 죽기 바로 직전에 찍은 마지막 사진들 중 하나입니다.」

「그는 신이 되고 싶어 했죠.」 내가 말한다.

「뭐, 거의 그렇게 된 셈이죠.」 파레데스가 말한다.

그가 일어선다. 그가 진료실 출입문으로 가서 문을 연다.

「갑시다.」 그가 말한다. 「보딩 홈으로 갑시다.」

나도 그의 뒤를 따라 나간다. 우리는 함께 긴 복도를 걸어간다. 파레데스는 홀에서 밖으로 나가는 커다란 문 앞에 서더니 자기 열쇠로 그 문을 연다.

「갑시다.」 그가 말한다.

우리는 다시 로비로 나간다. 로비를 가로질러 병원 주차장으로 걸어간다.

「당신을 위해서 이 일을 하는 거예요.」 파레데스가 말한다. 「난 지금껏 단 한 번도 다른 사람을 위해서 이런 일을 한 적이 없었어요.」

「아, 그렇군요. 가요, 선생님!」 내가 말한다. 「선생님은 혹시 〈프랜시스 매코머의 짧고 행복한 생애〉를 읽어 보셨나요?」

「네, 훌륭한 작품이죠. 그럼 당신은 〈여왕의 모친〉을 읽어 봤습니까?」

「네, 그런데 그렇게 좋아하진 않았어요. 난 〈혁명가〉가 더 좋더라고요.」

「나 지금 당신을 위해서 이 일을 하는 거예요.」 파레데스가 웃으며 말한다. 「왜냐하면 이 저주스러운 도시에서 당신만큼 헤밍웨이를 읽은 사람은 아무도 없을 테니까.」

우리는 한 소형차 앞에 다다른다. 파레데스가 차 문을 연다. 나는 운전석 옆자리에 올라탄다.

「나는 작가가 되고 싶었어요.」 파레데스가 자동차에 막 시동을 걸며 말한다. 「지금도 작가가 되고 싶고요!」

우리는 보딩 홈으로 향한다. 도중에 파레데스가 자동차 서랍에서 타자 친 종이를 꺼내 내게 내민다.

「어제 썼어요.」 그가 말한다. 「당신 보기엔 어떤가 한번 봐요.」

짤막한 소품이다. 50년간 주인의 시중을 든 어느 늙은 집사의 이야기이다. 주인이 죽자 그 하인은 시체 곁으로 가서, 오랫동안 말없이 바라보다가 그의 얼굴에 침을 퉤 뱉는다. 그러고는 그 침을 다시 닦고, 죽은 자의 얼굴을 침대보로 덮은 다음, 두 발을 잡아서 질질 끌고 나간다.

「글이 참 좋아요.」 내가 말한다.

「당신 맘에 든다니 나도 기쁩니다.」 그가 말한다.

우리는 서부 지역 쪽으로 도시를 가로질러 달려간다. 플래글러 가에서 왼쪽으로 꺾어 다운타운 방향으로 간다. 몇 블록을 더 가서, 마침내 우리는 보딩 홈에 도착한다.

「우리가 오는 걸 쿠르벨로가 알아요?」

「물론이죠. 우리를 기다리고 있습니다.」

우리는 차에서 내린다. 바로 그 순간, 현관 베란다의 나무 벤치에 앉아 있던 미친놈들이 모두 담배를 달라며 우르르 몰려든다. 파레데스는 윈스턴 한 갑을 꺼내더니 그들에게 건넨다. 우리는 안으로 들어간다. 쿠르벨로가 자기 책상에 앉아 있다.

「오, 이 사람아!」 쿠르벨로가 파레데스를 반기며 말한다. 「거 참 오래간만이로군!」

그들이 서로 악수를 한다. 파레데스와 나는 쿠르벨로의 책상 옆에 나란히 앉는다.

「낚시 대회는 어떻게 되어 가나?」 파레데스가 물어

본다.

「잘되고 있지!」 쿠르벨로가 말한다. 「어제는 우승을 했어. 20년 만에 처음으로 우승을 했다고!」

「축하하네!」 파레데스가 말한다. 그러더니 내게 고개를 돌려 청한다. 「윌리엄……. 단둘이서 얘기하게 잠시 자리를 좀 비켜 주겠어요?」

나는 자리에서 일어나 거기서 나간다. 나는 내 방으로 간다. 피자집에서 일하는 미친놈이 나를 보자마자 침대에서 펄쩍 뛰어내린다.

「윌리엄 씨!」 그가 기쁘게 소리친다. 「우리는 당신이 수감됐다고 생각하고 있었어요.」

이다, 페페, 르네, 에디, 그 밖에 모든 미친놈들이 내 방으로 몰려왔고, 나를 열렬하게 환영하며 인사를 건넨다. 내 침대 위에는 책들과 더러운 옷으로 뒤죽박죽 들어찬 가방이 보인다.

「여기서 아주 지내러 온 건가요, 윌리엄 씨?」

「아니.」 내가 대답한다. 「나는 프란시스와 우리 두 사람 집으로 갈 거예요.」

그때 산송장의 귀부인 이다가 내게 다가와 어깨에

손을 올린다.

「자네 진정하고 들어.」 그녀가 말한다.

「무슨 일이죠?」

「프란시스 일인데.」 그녀가 말한다. 「자네 진정하고 들어!」

「무슨 일이 일어난 거죠?」

「프란시스는 이미 여기에 없다네.」 이다가 말한다. 「어제 뉴저지에서 그 여자 엄마가 와서 데려갔어.」

나는 더 이상 듣지 않는다. 나는 이다를 침대로 밀치고, 여자들 방으로 달려간다. 세차게 문을 열어젖힌다. 프란시스가 있어야 할 침대에 늙고 뚱뚱한 흑인 여자가 자고 있는 것이 보인다.

「난 어제 왔다오.」 여자가 말한다. 「전에 여기 있던 여자는 갔지.」

「메모라도 남겼나요?」 내가 안달하며 묻는다.

「아니.」 여자가 말한다. 「이것만 남겨 놨다오.」

내게 프란시스가 두고 간 그림 한 뭉치를 보여 준다. 거기에 우리 모두가 있다. 부엌일을 하는 물라타 카리다드가 있다. 애꾸눈 레예스가 있다. 국제 정치에 정통한 미친놈 에디가 있다. 악마의 눈을 한 아르세니오가 있다. 슬프면서도 굳은 얼굴을 한 내가 있다.

나는 쿠르벨로 씨의 책상으로 간다. 파레데스가 의문스러운 눈으로 나를 쳐다보며 묻는다.

「이미 다 알았나요?」

「네, 이미 다 압니다.」 내가 대답한다. 「나 때문에 더 이상 애쓰지 마세요. 더는 할 수 있는 게 아무것도 없으니.」

「유감입니다.」 파레데스가 말한다.

「이봐, 피라미……」 그때 쿠르벨로 씨가 내게 말한다. 「자네가 원한다면 여기서 지낼 수 있네. 약을 좀 먹게. 좀 쉬어. 세상에 많고 많은 게 여자라고.」

식당 쪽에서 식사 시간을 알리는 물라타 카리다드의 목소리가 내게도 들려온다. 미친놈들이 법석을 피우며 식당으로 간다. 쿠르벨로는 자리에서 일어나더니, 내 어깨를 부드럽게 민다.

「자, 가봐.」 그가 말한다. 「뭘 좀 먹어 봐. 여기보다 더 좋은 곳은 이 세상 어디에도 없으니.」

나는 고개를 푹 숙인다. 미친놈들의 뒤를 따라서 식

당 쪽으로 나간다.

 보딩 홈! 보딩 홈! 이 보딩 홈에 산 지도 어언 3년이 되었다. 늘 죽고 싶어 하는 1백 살쯤 된 노인네 카스타뇨는 계속 소리를 질러 대고, 계속 지독한 오줌 냄새를 풍긴다. 산송장의 귀부인 이다는 매사추세츠에 살고 있는 자식들이 언젠간 자신을 데려갈 거라는 꿈을 계속해서 꾸고 있다. 국제 정치에 정통한 미친놈 에디는 텔레비전 뉴스에 계속 매달려 있고, 제3차 세계 대전이 일어나야 한다며 계속 목청을 높이고 있다. 애꾸눈 영감 레예스는 유리 눈알에서 계속 고름을 흘리고 있다. 아르세니오는 계속해서 명령하고 있다. 쿠르벨로는 우리에게 착복한 돈으로 부르주아의 삶을 계속 살아가고 있다.
 보딩 홈! 보딩 홈!
 나는 영국 시인들의 시선집을 펴고 「지옥의 격언」이라는 블레이크의 시를 읽는다.

　죽은 자들의 유골 위로

너의 마차와 쟁기를 몰아라.

고통의 길은 지혜의 궁전으로 통하나니.

열망하나 행하지 않는 자는 역병을 부른다.

광기의 시간은 시계가 헤아리나니.

　

나는 일어난다. 애꾸눈 레예스가 복도 한 귀퉁이에 한참 오줌을 누고 있다. 아르세니오가 다가가 허리띠를 푼다. 애꾸눈 늙은이의 등짝에 매서운 채찍질을 한다. 나는 아르세니오에게 다가가, 그의 손에 있는 허리띠를 빼앗는다. 그러고는 그것을 머리 위로 한껏 치켜든 다음, 온 힘을 다해 애꾸눈 늙은이의 앙상한 몸을 철썩 내리친다.

밖에서는 물라타 카리다드가 밥 먹으러 오라며 우리를 부른다. 식당에는 아마 식어 빠진 생선, 흰 쌀밥, 익히지 않은 완두콩이 있을 것이다.

역자 해설

환멸의 미로에서 탈주를 꿈꾸다

유목민의 삶

카리브 해의 섬나라 쿠바. 마리엘 항을 등지고 연이어 출항하는 크고 작은 배들. 안온한 집을 떠나 표류하기 시작한 12만 5천여 명의 쿠바 난민들. 혁명의 축제가 좌절과 환멸로 변질되던 1980년 4월, 피델 카스트로Fidel Castro는 마리엘 항을 전격 개방하여 반체제 인사를 모두 추방하는 동시에, 쿠바를 떠나고 싶어 한 모든 이에게 합법적인 탈출을 허가했다. 그들은 쿠바 혁명이 현실적으로 막다른 골목에 다다랐다는 위기감 속에 각자의 지난한 삶은 역사의 뒤안길에 남겨 두고 플로리다 항으로, 아메리칸드림을 실현

해 줄지도 모를 기회의 땅으로 향하고 있었다. 이 무렵 쿠바를 떠나 미국에 도착한 난민들은 출발지인 마리엘 항의 이름을 따 〈마리엘리토 *Marielito*〉로 불리게 되었다. 그리고 혁명에 배신당한 암울한 현실을 공유한 1980년대 쿠바 망명 작가들에게는 〈마리엘 세대〉라는 문학 세대 개념이 부가되었다. 이로써 쿠바와 결별한 일군의 지식인들은 민족이나 국가, 문화, 계급, 성, 인종 혹은 이념과 체제의 경계를 부단히 떠도는 유목민의 삶을 살아가게 되었다. 『표류자들의 집 *La casa de los náufragos*』의 작가 기예르모 로살레스 Guillermo Rosales도 그중 하나였다. 그는 한평생 모든 것으로부터 탈주한 완전한 망명자의 삶을 견지했고, 모두에게 잊힌 채 마이애미의 한 보딩 홈에서 권총 자살로 유랑의 생을 마감했다.

나는 정치적 망명자가 아니다. 총체적 망명자이다. 나는 이따금 브라질이나 스페인 혹은 베네수엘라나 스칸디나비아 반도 같은 곳에서 태어났더라도 그 거리, 그 항구 그리고 그 목초지로부터 탈주했을 거라고 생각한다.

아바나에서 살던 서른셋의 로살레스는 마드리드를 경유해 1980년 1월 마이애미에 입성한다. 『표류자들의 집』의 주인공 윌리엄 피게라스처럼 비쩍 말라 병색이 완연하고 빈곤에 찌든 그의 남루한 행색에서는, 일찍이 체 게바라, 피델 카스트로와 함께 시에라마에스트라 산맥에 올라 혁명의 이상을 드높이던 청년의 패기도, 혁명 직후 〈청년 공산주의자 연합〉의 기관지 「메야 Mella」에서 근무했던 저널리스트의 면모도 좀처럼 찾아보기 힘들었다. 위대한 작품을 쓰고자 하는 야망에는 변함이 없었으나, 좌절과 패배의 기운이 그를 감싸고 있었다. 게다가 환상이 현실을 점점 압도해 가는 병마의 고통으로 그는 세상과 차츰 더 멀어져 갔다. 청소년 시절, 혁명의 일환으로 문맹 퇴치에 복무했던 로살레스는 혁명 후 당의 장학생으로 법학과 외교 관계학을 공부했다. 그러나 곧 본인의 의지로 학교를 그만두고는 기관지 저널리스트로 활동했으며, 날카로운 필력으로 세간의 주목을 받았다. 또한 실비오 로드리게스Silvio Rodríguez, 노르베르토 푸엔테스Norberto Fuentes, 안토니오 콘테Antonio Conte 등 당대의 쿠바 지성인들과 한데 어울려 세계와 예술에 대해 논하며 밤을 지새우곤 했다. 하지만 1960년대 중반 이후 그는 현실과 환상을 제대로 구분하지 못하는 등 정신적 불안정을 호소하기 시작했다. 외교관이었던 아버지를 따라 체코슬로바키아와 러시아를 방문하는 와중에는 병이 더 깊어져, 결국 정신 분열증이라는 진단을 받고 현지의 정신 병원에도 여러 차례 입원했다. 쿠바로 돌아온 그는 여전히 글 쓰는 직업을 전전했지만, 카스트로의 전횡과 독재, 대의를 위해 박수 칠 수밖에 없는 현실, 혁명의 빛바랜 구호에서 비롯된 좌절감과 채울 길 없는 상실감에 빠져, 창작과 파기를 끊임없이 반복하였다.

1980년, 로살레스는 마이애미에서 새로운 삶을 시작하게 되는데, 비록 사회에서 정상적으로 살아가는 사람들에 대한 거부감 때문에 인간관계의 폭이 넓지는 않았지만 그의 곁에는 신뢰를 기반으로 인연을 이어 가던 몇몇 동료들이 있었다. 가장 가까이 지내던 이들로는 소설가 레이날도 아레나스Reynaldo Arenas

와 카를로스 빅토리아Carlos Victoria, 시인 에스테반 루이스 카르데나스Esteban Luis Cardenas, 그 밖에도 카를로스 킨텔라Carlos Quintela, 로사 베레Rosa Vere, 루이스 살라메아Luis Zalamea 등이 있었다. 물론, 소설 속 주인공 윌리엄처럼 로살레스에게도 1959년 카스트로 혁명 정권이 들어서자마자 이에 반기를 들고 쿠바를 빠져나가 일찌감치 마이애미에 정착한 가족들이 있었다. 하지만 서로 성향이 맞지 않아 왕래가 거의 없었을 뿐 아니라, 정신 이상이라는 재앙적 징후를 멈추는 데에는 가족이라는 존재가 별 도움이 되지 않았다.

로살레스는 미국에 온 지 5년쯤 됐을 무렵 『표류자들의 집』의 집필에 착수했다. 이 작품은 그로부터 2년 후인 1987년, 마이애미의 권위 있는 문학상인 〈황금문학상〉 공모전에 〈보딩 홈Boarding Home〉이라는 제목으로 출품돼 로살레스에게 수상의 영광을 안겼다. 친구인 작가 카를로스 빅토리아Carlos Victoria가 필사본을 대신 제출한 결과였다. 이 작품에는 여러 보딩 홈에서의 삶, 그 사이사이 정신 병원을 들락거렸던 시간들, 그리고 싸구려 호텔이나 허름한 아파트를 전전할 수밖에 없던 상황들이 여실히 드러났다. 『표류자들의 집』은 사회로부터 소외되고 빈곤 속에 방치된 채 서서히 부식되어 가던 로살레스 본인의 자전적 이야기이자 미국 망명 생활에 대한 신랄한 증언이었다. 작품의 성공으로, 〈마리엘 세대〉를 명명하고 그들의 활동과 가치를 세상에 알리던 문학 예술 잡지 『마리엘*Mariel*』과 인터뷰도 하게 되었다. 그는 난생처음이자 마지막이었던 인터뷰를 통해, 기댈 곳 없이 낯선 세계를 부유해야 하는 현실 속에서 문학과 세계에 대한 완전한 망명자로서의 자신의 입장을 밝혔다.

공산주의와 자본주의, 두 체제에서 살아 봤지만 양쪽 사회 어디에서도 본질적인 가치들을 발견해 내지 못한 사람의 경험은 세상에 알려질 가치가 있습니다. 내 메시지는 염세주의적일 수 있습니다. 왜냐하면 내 주변에서 내가 봐오고, 지금도 보고 있는 이 모든 것이 언제나 비정한 현실, 그 이상을 제시하지는 않기 때문입니다. 나는 신을 믿지 않아요.

사람도 믿지 않고요. 이념도 믿지 않습니다. (『마리엘』, 제1권 3호, 1986년)

최악의 조건에서 고통과 증오로 빚어낸 이 결실은 아이러니하게도 로살레스 인생의 가장 영광스러운 순간으로 빛을 발했다. 라틴아메리카 문학의 거장 옥타비오 파스Octavio Paz가 황금 문학상 수상 작가로 그의 이름을 직접 호명하는, 가슴 벅찬 순간을 맞이했던 것이다.

치열한 글쓰기와 자기 파괴의 나날

하지만 여전히 세계 독자들에게 기예르모 로살레스라는 이름은 낯설기만 하다. 그도 그럴 것이, 1987년 『표류자들의 집』의 초판이 출판되기 전까지 로살레스의 작품은 단 한 권도 세상에 정식으로 소개된 적이 없었다. 소수 집단에 속할 수밖에 없는 운명 속에서도 평생 글을 썼지만, 자기 환멸에 사로잡혀 집필한 글의 대부분을 곧바로 다 찢어 버렸기에, 출판은커녕 남아 있는 원고조차 거의 없었다. 설령 원고가 있었다 해도,

쿠바에서는 체제의 기조에 어긋난다거나, 카스트로 정권을 우회적으로 비판했다는 이유로 출판할 수 없었다. 마이애미에 와서도 출판은 쉬운 일이 아니었는데, 대중성과 상품성이 있는 주제만을 요구하는 미국 출판 시장에 로살레스와 그의 작품이 부합하지 않았기 때문이었다. 사람들은 그를 낯설어했다. 로살레스 자신도 대중에게 다가갈 여력이 없었다.

살아 있는 동안 그가 온전한 형태로 남긴 작품은 단 두 작품뿐이었고, 그마저도 사후에야 제대로 된 출판이 가능했다. 그중 하나가 1968년 〈아메리카의 집 문학상〉 후보작으로 오른 『영광의 토요일, 부활의 일요일 *Sábado de gloria, Domingo de resurrección*』이었다. 이 작품은 당시 심사 위원이었던 훌리오 코르타사르Julio Cortázar와 노에 지트릭Noé Jitrik 등이 출판을 권했으나, 혁명에 이바지하는 작품만을 허용하던 경직된 쿠바 정권하에서는 쉬운 일이 아니었다. 결국 1994년에야 비로소 〈위반의 게임 *El juego de la viola*〉이라는 제목으로 일반에 소개되었다. 『표류자들의 집』에서 보이는 현실감 있는 언어와 빠른 템포, 군더더기 없이 직관적이며 간결한 문체가 이미 첫 작품에서도 드러나 있었다.

또 다른 하나가 바로 1987년 황금 문학상 수상작 『표류자들의 집』이었다. 마이애미 대학과 아메리칸 익스프레스사(社)에서 주관하는 황금 문학상은 마리엘 세대의 창작열을 드높이는 한편, 미국에서 스페인어로 쓰인 문학 작품의 가치를 인정하고 세상에 알리는 통로가 되었다. 하지만 그 명분과 위상에도 불구하고 작품의 보급이라는 실질적인 수준까지 영향력을 확대하지는 못했다. 같은 해 살밧 출판사Editorial Salvat에서 초판을 발행했으나, 결과는 참담했다. 이처럼 『표류자들의 집』은 쿠바 망명 문학사의 대표적인 소설로 인정받았지만, 일반에 거의 보급되지 않은 채 사장되다시피 했다. 동료 작가 루이스 살라메아가 영역본 출판을 시도했으나, 주제와 내용에 흥미를 느끼지 못한 미국의 출판사는 그 문을 열어 주지 않았다. 로살레스의 작품이 당시 유행하던 라틴아메리카의 붐 소설 계열의 경향을 따르지 않았을 뿐 아니라, 일반적으로 쿠바 망명 작가들에게 기대하는 작품의 형식과 내용과도 사뭇 다른 색채의 생경한 글이었기 때문이다. 그것들과는 달리

로살레스의 소설은 마이애미에서 소외되어 살아가는 망명자로서의 현실에 초점이 맞춰져 있었던 것이다.

결국 로살레스의 대표작인 『표류자들의 집』은 동료 작가 노르베르토 푸엔테스와 카를로스 빅토리아의 노력으로, 2003년 스페인 시루엘라 출판사 Ediciones Siruela에서 재출간되었다. 초판 발행으로부터 16년, 로살레스 사후 10년 만의 일이었다. 머지않아 『표류자들의 집』은 여러 언어로 번역되었고, 세계의 독자들에게 로살레스만의 색깔이 담긴 쿠바 망명 문학의 미학을 알리게 되었다.

기존의 망명 문학이 대부분 본국에 대한 집착을 직접적·간접적으로 주제화한다거나, 그것을 고통스럽고 괴로운 감정으로 표현하는 방식을 취한다면, 『표류자들의 집』은 무의식적인 언급이나 꿈속의 정경을 통해 그것을 한때 스쳐 간 미망인 양 교묘히 구조화하고 있다. 꿈속에 등장하는 조개의 에피소드나, 카스트로의 모습 등에서 보듯, 비판의 대상이 오히려 해학적 코드로 기능하는 아이러니를 보이기도 한다. 알레호 카르펜티에르 Alejo Carpentier와 레사마 리마 Jorge

Lezama Lima로부터, 세베로 사르두이Severo Sarduy, 기예르모 카브레라 인판테Guillermo Cabrera Infante, 레이날도 아레나스의 계보로 이어지는 이른바 쿠바 반혁명 문학의 주류 작가들이 네오바로크적 미학의 전통을 유지하며 언어의 유희나 장식, 혹은 서술 구조의 실험성에 관심을 둔 것과는 사뭇 대비된다.

『표류자들의 집』은 일체의 메타포를 거부한다. 오히려 건조하며 간결한 문체를 구사하여 증언적이고 사실주의적인 방식으로 끝없는 고통의 현실을 생생히 기록하고 있다. 또한 의성어의 적절한 사용은 바로 귓가에서 들려오는 듯한 효과를 자아내며 작품의 사실성을 증폭시킨다. 이런 맥락에서 로살레스의 작품은 이른바 〈주류〉라 불리는 것들에 또 한 번의 망명을 선언하는 것이다. 소설가 페드로 후안 구티에레스Pedro Juan Gutiérrez는 〈그동안 어느 누구도 감히 마이애미의 현실에 대해 다른 관점으로 써볼 엄두를 내지 못했다. 그런 의미에서 로살레스는 특이한 작가였을 뿐 아니라 용감한 작가였다〉라고 평하며,『표류자들의 집』을 라틴아메리카의 가장 뛰어난 작품 중 하나로 치켜세웠다.

보딩 홈, 악마적 순환의 공간

 더러움과 악취, 폭력과 굴욕, 질식할 것만 같은 공기, 그리고 그 사이를 부유하는 사회적 무능력자들, 이방인들, 늙은이들, 미친놈들, 소외된 영혼들. 미국 플로리다 주 마이애미 시 한쪽 끄트머리에 자리 잡은 어느 보딩 홈의 진부하고 지리멸렬한 일상이 오늘도 무심히 흘러간다. 청년 시절 아바나에서 작가의 꿈을 키웠으나, 집필한 책이 〈공산주의와 부르주아 간의 사랑 이야기〉이며, 그 내용이 〈병적이고, 음란하며, 불경할 뿐 아니라 공산당을 혹독하게 다뤘다〉는 이유로 출판을 거절당하고, 〈쿠바의 문화, 문학, 음악, 스포츠, 역사, 철학, 이 모든 것들로부터 도망쳐 나와〉 마이애미에 도착한 윌리엄 피게라스는 시작도 끝도 없는 이 보딩 홈의 언저리에서 표류하기 시작했다.

 사실, 미국에 있던 그의 가족은 장차 대성할 사람이 올 거라 기대했지만, 공항에 도착한 것은 형편없이 망가진 몰골의 볼품없는 남자였다. 성공에 눈먼 도시 마이애미에서 윌리엄처럼 스스로 〈총체적 망명자〉이기를 선택한 사람은 사회적 무능력자로 분류되어 인간쓰레기들의 집합소로 버려질 수밖에 없다. 꿈처럼 달콤했던 혁명의 매혹이 절망으로 바뀌자 현실에 온전히 발붙이지 못하고 허공을 맴돌던 그는, 미국의 어느 구석, 아무도 돌아보지 않는 쓰레기 더미 위로 무참히 던져진다. 〈멍한 눈, 메마른 뺨, 이가 다 빠진 입에 지저분한 몸뚱이를 한 존재들〉이 먹고, 자고, 배설하고, 간통하는 가장 원초적인 일상이 지배하는 보딩 홈, 미국식 관용과 그 이면의 잔인함이 교묘히 뒤섞여 있는 바로 그 외진 공간에 유폐된 것이었다.

스쿠버 낚시 대회에서 월척을 낚을 궁리만 하는 보딩 홈의 원장 쿠르벨로, 부엌일을 하며 몰래 음식을 빼돌리는 물라타 카리다드, 가짜 유리 눈알에서 계속 고름을 흘리며 아무 데나 오줌을 누는 것으로 복수를 대신하는 애꾸눈의 늙은이 레예스, 혁명의 시대에 모든 재산을 몰수당한 산송장의 귀부인 이다, 늘 죽고 싶다고 외치는 아흔 살 늙은이 카스타뇨, 자신을 아직도 열여덟 살 처녀로 착각하는 치매 노인 힐다, 늑대처럼 울부짖는 미국인 루이, 겨우 빵 한 쪽을 놓고 원시적인 모습으로 싸우는 정신 지체자 르네와 페페, 굴종에 길들여진 난쟁이 나폴레옹, 공산주의자들을 저주하는 친미 성향의 에디, 침묵의 목격자이자 방관자인 페드로와 피노, 영원한 노예의 굴레에 매인 채 피자집에서 일하는 윌리엄의 룸메이트, 죽음으로 끝나는 비극적 결말에 대해 말하는 전직 권투 선수이자 동성애자인 타토. 보딩 홈은 집이라기보다는 막다른 길에 다다른 사회의 패배자들이 한데 모인 혼돈의 공간이자 지옥에 가까운 공간이요, 불행한 존재들이 야만적인 삶의 고통을 영원히 재생산하는 악마적 순환의 공간이다. 과거의 모든 것으로부터 망명할 수밖에 없었던 1인칭 화자 윌리엄 피게라스는 이 틈바구니에서 일정한 간격을 유지하며, 때로는 방관자로, 때로는 가담자로, 보딩 홈에서 벌어지는 모든 일들을 극히 명료하고 적나라하게 평가하고 서술해 간다.

보딩 홈의 2인자이자 온갖 물리적 횡포를 일삼는 실질적 우두머리 아르세니오는, 소설의 초반에는 윌리엄과 대칭선상에 있는 존재로 그려지며 일종의 대결 구도를 형성하는데, 한순간 윌리엄이 영국 낭만주의 시인들의 시선집을 내려놓고 무차별한 폭력의 가담자가 되었을 때, 그 둘 사이에는 동지 의식이라는 미묘한 유대 관계가 만들어진다. 그리고 급기야 〈나도 짐승 같은 놈이지, 자네처럼〉이라는 윌리엄의 고백처럼, 아르세니오는 윌리엄의 공모자이자 거울 속에 비친 또 다른 자아의 모습으로 작동한다. 한편 윌리엄은 보딩 홈에 새로 온 프란시스를 보자마자 본능적으로 이끌려 육체적으로 탐하며 동시에 목 졸라 죽이고 싶은 욕망에 사로잡힌다. 그녀에게서 자신이 말살하고 싶은 애증의 과거를, 그와 동시에, 함께 가꿔 나가고 싶은 미래의 희망을 엿보았기 때문은 아니었을까. 그는 부드러움과 잔인함 사이를 부단히도 오가며 그녀를 사랑하고 그녀를 증오하며 그녀를 정복한다. 그는 실로 오랜만에 미래에 대한 낙관과 희망을 품고 서로가 서로에게 자양분이 되어 새 땅에 뿌리 내리기를 꿈꾸지만, 악마적으로 순환하는 냉혹한 현실은 일순간의 배려나 동정심도 없이, 그녀를, 그리고 모든 꿈을 신기루로 날려 버리고 만다.

마지막 전언

영국 낭만주의 시인들의 시는 윌리엄 피게라스를 끊임없이 충전시키고, 끊임없이 파괴시키는 어떤 경이로운 힘에 대한 홀림이자 경외이며 숭배이다. 내면과 상상력에 집중했던 낭만주의 시인들은 대부분 몽환에 가득 찬 좌절과 병마의 고통을 감내하며 감각적인 언어로 위대한 시를 썼고, 결국 천재답게 요절하지 않았는가? 어니스트 헤밍웨이 또한 정신 병원에 수감된 윌리엄에게 또 하나의 신앙이자 구원이 되어 주었다. 은유적 묘사나 감정의 치우침 없이 언제나 인간 본연의 모습을 가감 없이 보여 주었던 헤밍웨이는 믿기 어려운 인간의 잔학성마저 인간이기 때문에 가능하다는 특유의 냉소적이면서도 냉담한 체온을 유지했던 작가였다. 그 역시 천재의 우울을 더 이상 견디지 못했던 것일까. 1961년 어느 여름, 헤밍웨이는 자살로 추정되는 의문의 엽총 사고로 생을 마감했다.

피안의 세계와 하드보일드한 현실 사이에서 윌리엄 피게라스도, 아니, 기예르모 로살레스도 계속해서 아슬아슬한 줄타기를 감행한다. 거실에 덩그러니 놓인 텔레비전에 목사가 등장해 예수의 복음을 설파할 때도, 여자들이 열광하는 〈퓨마〉가 엉덩이를 흔들어 대며 노래할 때도, 정치 평론가들이 이러쿵저러쿵 국제 정세에 대해 논평할 때도, 윌리엄에게 돌아온 것은 현재형의 동사로밖에 표현할 수 없으며, 상상의 총만으로는 도무지 해결되지 않을, 영원한 고통의 현실인 보딩 홈 바로 그 자체이다. 신문 기자인 오를란도 알로마Orlando Aloma는 로살레스의 마지막 날들을 〈점점 꺼져 가는 촛불 같았다〉고 회상한다. 불과 몇 년 사이에 절친했던 동료들이 자살을 택했다. 레이날도 아레나스, 앙헬 에스코바르Ángel Escobar 등 문인들의 연이은 자살 소식은 로살레스의 심경에 큰 타격을 주었다. 그리고 그 역시 생의 마지막을 준비하기 시작했다. 그는 매일같이 자살을 예고했다. 그렇게 몇 달이 흘렀다. 1993년 7월 6일, 마침내 로살레스는 현실의 총을 들어 관자놀이에 가져다 댔다. 그리고 쏘았다. 그가 당긴 방아쇠는 더 이상 허구가 아니었다. 과연 그는 죽음이라는 의식을 통해 현실의 질곡으로부터 온전히 탈주할 수 있었을까.

기예르모 로살레스에게 있어 인생이란, 유랑하고 패잔(敗殘)하지만 어디로든 다시 떠나가야만 하는 탈주의 장소였다. 그러면서도 늘 제자리를 맴도는 비극의 현실이기도 했다. 그래서 그가 추구한 문학은 언어들이 날 선 난간에 매달린 듯 강렬한 체험을 수반하는 치열함을 품고 있었다. 이 작품은 은유를 버리고 사실적인 어휘들로 무심한 듯 툭툭 내뱉는 현재형의 문장들이 얼마나 사실적이면서도 상징적일 수 있는지를 보여 준다.

번역하는 내내 어느 보딩 홈에 유폐되어 있는 상상을 했다. 그들의 침묵과 아우성이 귓가를 맴돌았다. 벗어나고 싶었다. 나 역시 탈주를 꿈꾸고 있었다.

마이애미는 어쩌면 사막을 품고 있는 것이 아닐까 생각했다. 카리브 해. 쏟아지는 햇빛. 사막을 품은 도시. 그리고 그 위를 떠도는 정주하지 못하는 도시 유목민. 비가 쏟아지면 공기 사이로 흩어졌던 모래들은 자기 자리로 돌아가겠지만, 바람이 불면 또다시 먼지가 되어 피어오를 것이다. 마치 도시에 정착하지 못하는 유목민처럼.

최유정

기예르모 로살레스 연보

1946년 출생 쿠바 아바나에서 태어남.

1956년~1958년 10~12세 쿠바 혁명에 참여. 피델 카스트로Fidel Castro와 체 게바라Che Guevara가 반군을 형성해 혁명의 거점으로 삼았던 시에라마에스트라 산맥Sierra Maestra에서 합류해, 쿠바 혁명에 동참하여 혁명군의 주요 기치였던 문맹 퇴치에 일조함.

1959년 13세 쿠바 혁명의 성공. 그 후 공산당 정부가 지급하는 장학금으로 외교 관계학과 법학 공부를 시작함.

1961년~1963년 15~17세 외교관으로서 장래가 보장돼 있었으나, 스스로 학업을 중단함. 〈청년 공산주의자 연합〉의 전신 〈저항 청년 연대〉의 기관지 「메야Mella」에서 저널리스트로 활동하며 뛰어난 필치로 세간의 주목을 받음. 실비오 로드리게스Silvio Rodríguez, 노르베르토 푸엔테스 Norberto Fuentes, 안토니오 콘테Antonio Conte, 빅토르 카사우스Víctor Casáus, 엘리세오 알투나가Eliseo Altunaga 등 당대 지성인들과 어울림.

1964년 18세 군 복무 중 처음으로 정신 이상 증세를 보이고 입원함.

1965년 19세 체코슬로바키아, 소비에트 연방 여행. 아버지가 대사로 있던 체코슬로바키아를 방문해 가족과 시간을 보냄. 여러 차례 정신 이상 증세를 호소함. 소비에트 연방 여행 중에 정신 분열증 진단을 받고 입원 치료를 받음.

1966~1967년 20~22세 쿠바로 돌아와 정신과 치료를 받음. 다양한 직업을 전전함. 글쓰기에 매진하나, 스스로 원고를 파기함.

1968년 22세 소설 『영광의 토요일, 부활의 일요일*Sábado de gloria, Domingo de resurrección*』이 〈아메리카의 집〉 문학상 후보작으로 오름. 심사 위원이었던 홀리오 코르타사르Julio Cortázar, 노에 지트릭Noé Jitrik이 출판을 권유했으나 출판되지 않음. 일부가 문화·예술 잡지 『쿠바 가제트*La Gaceta de Cuba*』지에 실림.

1969~1978년 23~32세 수많은 작품들을 집필하였으나, 스스로 파기함. 쉬지 않고 집필과 파기를 반복함. 지인들의 증언에 따르면, 고대 그리스의 교육 기관인 파이데이아에서 영감을 얻어 집필한 〈소크라테스*Sócrates*〉라는 제목의 소설, 그 밖에 제목조차 붙이지 않은 여러 글들, 예컨대 쿠바의 독립 전쟁에 얽힌 이야기나, 쿠바 럼주의 역사 등 정신적, 영토적, 문화적으로 쿠바라는 하나의 개념을 창조한다는 취지하에 수많은 작품을 썼다고 알려지나, 남아 있는 것은 하나도 없음.

1979년 33세 쿠바를 떠남. 7월 스페인 마드리드 도착함.

1980년 34세 1월 미국 마이애미에 도착함. 쿠바 시절에 썼던 쿠바에 관한 소설들을 다시 쓰고 싶어 했지만, 완수하지 못함. 레이날도 아레나스Reinaldo Arenas, 카를로스 빅토리아Carlos Victoria, 노르베르토 푸엔테스Norberto Fuentes, 에스테반 루이스 카르데나스Esteban Luis Cárdenas, 카를로스 킨텔라Carlos Quintela, 로사 베레Rosa Berre 등 마리엘 세대의 작가들과 교류하기 시작함.

1985년 39세 소설 『보딩 홈*Boarding Home*』 집필 시작함.

1986년 40세 『영광의 토요일, 부활의 일요일』, 『보딩 홈』의 일부가 문학 예술 잡지 『마리엘*Mariel*』에 실림.

1987년 41세 『보딩 홈』으로 〈황금 문학상〉 수상. 심사 위원장 옥타비오 파스Octavio Paz가 직접 시상. 『보딩 홈』 출간.

1988~1990년 42~44세 단편집 『마법의 증류기*El alambique mágico*』 집필. 원본은 남아 있지 않음. 필사본을 소장하고 있다고 주장하는 로살레스의 친구 노르베르토 푸엔테스Norberto Fuentes에 따르면, 자전적이기보다는 에로틱한 내용의 단편소설 열두 편으로 구성. 훗날 그중 일부만이 일반에 공개됨.

1992년 46세 『마법의 증류기』에 실린 단편소설 「악마와 수녀El diablo y la monja」와 「닫힌 문들로A puertas cerradas」가, 쿠바의 작가와 예술가들의 작품을 전문적으로 다루는 미국의 잡지 『린든 레인 매거진Linden Lane Magazine』에 실림.

1993년 47세 7월 6일 마이애미의 한 보딩 홈에서 권총 자살로 생을 마감함.

1994년 『영광의 토요일, 부활의 일요일』이 발표된 지 26년 만에 내용 일부가 수정되어 〈위반의 게임*El juego de viola*〉이라는 제목으로 미국 마이애미에서 출판됨.

2003년 『보딩 홈』이 〈표류자들의 집*La casa de los náufragos*〉이라는 제목으로 스페인에서 재출간.

2004년 『마법의 증류기』에 실린 단편소설 「오, 피타고라스!Oh, Pitágoras!」가, 쿠바 작가 후안 아브레우Juan Abreu가 기획한 단편선집 『마이애미에서 전하는 이야기들*Cuentos desde Miami*』에 수록되어 스페인 바르셀로나에서 출간.

2007년 『마법의 증류기』에 실린 단편소설 「덥수룩한 구레나룻 Patillas de hacha」과 「오, 피타고라스!Oh, Pitágoras!」가 쿠바의 문화 예술 잡지 『쿠바 문화와의 만남*Encuentro de la cultura Cubana*』에 실림.

열린책들 세계문학 168 표류자들의 집

옮긴이 최유정 서울에서 태어났다. 덕성여자대학교 스페인어과를 졸업하고, 서울대학교 서어서문학과 대학원에서 공부했다. 서울대, 덕성여대, 홍익대에 출강하며, 스페인어권 문화와 문학을 연구하고 소개하고 번역하는 일을 하고 있다. 옮긴 책으로는 『라틴아메리카 국민국가 기획과 19세기 사상』(공역), 『행복한 죽음』(공역), 지은 책으로는 미국에서 출간한 『크리스티나 리베라 가르사를 바라보는 새로운 시선들 Cristina Rivera Garza: Ningún crítico cuenta esto』(공저), 한국에서 출간한 『말과 대화: 스페인, 라틴아메리카 문학 비평 Palabras que esperan ser diálogos: Ensayos de jóvenes críticos de Corea sobre lengua y literatura hispana e hispanoamericana』(공저)가 있다. 제6회 한국문학번역 신인상을 수상했다.

지은이 기예르모 로살레스 **옮긴이** 최유정 **발행인** 홍지웅
발행처 주식회사 열린책들 **주소** 경기도 파주시 문발로 253 파주출판도시
전화 031-955-4000 **팩스** 031-955-4004 **홈페이지** www.openbooks.co.kr
Copyright (C) 주식회사 열린책들, 2011, Printed in Korea.
ISBN 978-89-329-1168-7 03890 **발행일** 2011년 4월 10일 세계문학판 1쇄 2013년 6월 10일 세계문학판 2쇄

이 도서의 국립중앙도서관 출판시도서목록(CIP)은 e-CIP 홈페이지(http://www.nl.go.kr/ecip)와 국가자료공동목록시스템(http://www.nl.go.kr/kolisnet)에서 이용하실 수 있습니다.(CIP제어번호:CIP2011001108)

열린책들 세계문학
Open Books World Literature

001 죄와 벌 전2권
표도르 도스또예프스끼 장편소설 | 홍대화 옮김 | 각 408, 498면
죄와 벌의 심리 과정을 따라가며 혁명 사상의 실제적 문제를 제시하는 명작
- 고려대학교 선정 〈교양 명저 60선〉
- 미국 대학 위원회 선정 SAT 추천 도서

003 최초의 인간
알베르 카뮈 장편소설 | 김화영 옮김 | 382면
20세기 문학의 정점을 이룬 알베르 카뮈 최후의 육성
- 1957년 노벨 문학상 수상 작가

004 소설 전2권
제임스 미치너 장편소설 | 윤희기 옮김 | 각 280, 362면
〈소설이란 무엇인가〉라는 주제를 작가, 편집자, 비평가, 독자의 입장에서 풀어 나간 작품
- 〈이달의 청소년도서〉 선정
- 한국 간행물 윤리 위원회 선정 〈청소년 권장 도서〉

006 개를 데리고 다니는 부인
안똔 체호프 소설선집 | 오종우 옮김 | 292면
삶의 진실과 인간의 참모습을 웃음과 울음으로 드러내는 위대한 작품
- 1993년 서울대학교 선정 〈동서 고전 200선〉
- 2002년 노벨 연구가 선정한 〈세계문학 100선〉

007 우주 만화
이탈로 칼비노 장편소설 | 김운찬 옮김 | 334면
25편 단편 속 신비로운 존재 〈크프우프크〉를 통해 환상적으로 창조된 우스꽝스러운 우주

008 댈러웨이 부인
버지니아 울프 장편소설 | 최애리 옮김 | 286면
난해한 〈의식의 흐름〉 기법과 〈내적 독백〉을 시도한 영국 모더니즘 소설의 고전
- 2005년 『타임』지 선정 〈100대 영문 소설〉, 〈20세기 100선〉
- 2009년 『뉴스위크』 선정 〈세계 100대 명저〉

009 어머니
막심 고리끼 장편소설 | 최윤락 옮김 | 470면
혁명의 교과서이자 인간다운 삶의 권리를 일깨우는 영원한 고전
- 1912년 그리보예도프상
- 2006년 이고르 수히흐 교수 〈러시아 문학 20세기의 책 20권〉
- 서울대학교 권장 도서 100선

010 변신
프란츠 카프카 중단편집 | 홍성광 옮김 | 336면
어디에도 안주하지 못하는 인간의 모습을 초현실적으로 그려 낸 카프카의 주옥같은 단편들
- 서울대학교 권장 도서 100선

011 전도서에 바치는 장미
로저 젤라즈니 중단편집 | 김상훈 옮김 | 424면
신화와 SF의 융합, 흥미롭고 지적인 중단편 소설집

012 대위의 딸
알렉산드르 뿌쉬낀 장편소설 | 석영중 옮김 | 232면
역사적 대사건을 가정 소설과 연애 소설의 형식에 녹여 내어 조망한 산문 예술의 정점
- 2000년 한국 백상 출판 문화상 번역상

013 바다의 침묵
베르코르 소설선집 | 이상해 옮김 | 256면
전쟁과 이데올로기에 가려진 인간성에 대하여 고찰한 레지스탕스 문학의 백미

014 원수들, 사랑 이야기
아이작 싱어 장편소설 | 김진준 옮김 | 318면
유대인 학살에서 살아남은 네 남녀의 사랑과 상처를 그린 소설
- 1978년 노벨 문학상 수상 작가

015 백치 전2권
표도르 도스또예프스끼 장편소설 | 김근식 옮김 | 각 500, 520면
백치 미쉬낀을 통해 구현하는 완전한 아름다움과 순수한 인간의 형상
- 피터 박스올 〈죽기 전에 읽어야 할 1001권의 책〉

017 1984년
조지 오웰 장편소설 | 박경서 옮김 | 384면
감시하고 통제하는 전체주의의 권력 앞에 무력해지는 인간의 삶
- 2009년 『뉴스위크』 선정 〈세계 100대 명저〉
- 『타임』지가 뽑은 〈20세기 100선〉

018 수용소군도
알렉산드르 솔제니찐 기록문학 | 김학수 옮김 | 360면
20세기 최고의 고발 문학이자 세계적인 휴먼 다큐멘터리
- 1970년 노벨 문학상
- 『타임』지가 뽑은 〈20세기 100선〉

019 이상한 나라의 앨리스
루이스 캐럴 환상동화 | 머빈 피크 그림 | 최용준 옮김 | 324면

시공을 초월하며 상상력과 호기심의 한계를 허무는 루이스 캐럴의 환상 동화

- 2003년 BBC 「빅리드」 조사 〈영국인들이 가장 사랑하는 소설 100편〉
- 2004년 〈한국 문인이 선호하는 세계 명작 소설 100선〉

020 베네치아에서의 죽음
토마스 만 중단편집 | 홍성광 옮김 | 424면

삶과 죽음, 예술과 일상이라는 양극의 주제를 다룬 걸작

- 1929년 노벨 문학상 수상 작가
- 피터 박스올 〈죽기 전에 읽어야 할 1001권의 책〉

021 그리스인 조르바
니코스 카잔차키스 장편소설 | 이윤기 옮김 | 484면

카잔차키스가 그려 낸 자유인 조르바의 영혼의 투쟁

- 2002년 노벨 연구소가 선정한 〈세계문학 100선〉
- 2004년 〈한국 문인이 선호하는 세계 명작 소설 100선〉
- 2005년 동아일보 선정 〈21세기 신고전 50선〉
- 피터 박스올 〈죽기 전에 읽어야 할 1001권의 책〉

022 벚꽃 동산
안똔 체호프 희곡선집 | 오종우 옮김 | 288면

거창한 사상보다는 삶의 사소함을 객관적인 문체로 그린, 가장 완숙한 체호프의 작품

- 2006년 이고르 수히흐 교수 〈러시아 문학 20세기의 책 20권〉
- 미국 대학 위원회 선정 SAT 추천 도서
- 서울대학교 권장 도서 100선

023 연애 소설 읽는 노인
루이스 세풀베다 장편소설 | 정창 옮김 | 184면

담백하고 섬세한 문체와 간결한 내용에 인간의 탐욕과 자연의 거대함을 담은 환경 소설

- 1989년 티그레 후안상
- 1998년 전 세계 베스트셀러 8위

024 젊은 사자들 전2권
어윈 쇼 장편소설 | 정영문 옮김 | 각 414, 406면

인간의 어리석음, 광기, 우스꽝스러움을 탁월하게 포착한 전쟁 소설이자 심리 소설

- 1945년 오 헨리 문학상
- 1970년 플레이보이상

026 젊은 베르테르의 슬픔
요한 볼프강 폰 괴테 장편소설 | 김인순 옮김 | 232면

사랑의 열병을 앓는 전 세계 젊은이들의 영혼을 울린 감성 문학의 고전

- 2003년 크리스티아네 취르트 〈사람이 읽어야 할 모든 것 책〉
- 피터 박스올 〈죽기 전에 읽어야 할 1001권의 책〉

027 시라노
에드몽 로스탕 희곡 | 이상해 옮김 | 252면

명랑한 영웅주의, 감미로운 연애 감정, 기발하고 화려한 시구들이 돋보이는 명작

- 미국 대학 위원회 선정 SAT 추천 도서

028 전망 좋은 방
E. M. 포스터 장편소설 | 고정아 옮김 | 292면

영국 사회의 계층 간 갈등과 가치관의 충돌을 날카롭게 포착한 걸작

- 1998년 랜덤하우스 모던 라이브러리 선정 〈최고의 영문 소설 100〉
- 피터 박스올 〈죽기 전에 읽어야 할 1001권의 책〉

029 까라마조프 씨네 형제들 전3권
표도르 도스또예프스끼 장편소설 | 이대우 옮김 | 각 496, 492, 446면

많은 인물군과 에피소드를 통해 심오한 사상과 예술적 깊이를 보여 주는 도스또예프스끼 40년 창작의 결산

- 국립중앙도서관 선정 청소년 권장 도서 50선
- 서울대학교 권장 도서 100선

032 프랑스 중위의 여자 전2권
존 파울즈 장편소설 | 김석희 옮김 | 각 344, 338면

자유에 대한 정열이 고갈된 20세기에 대한 탁월한 우화

- 1969년 실버펜상
- 2005년 「타임」지 선정 〈100대 영문 소설〉

034 소립자
미셸 우엘벡 장편소설 | 이세욱 옮김 | 352면

성(性) 풍속의 변천 과정을 중심으로 전개되는 두 형제의 쓸쓸한 삶을 다룬 작품

- 1998년 「타임스 리터러리 서플러먼트」 선정 〈올해의 책〉
- 2002년 국제 IMAPC 더블린 문학상

035 영혼의 자서전 전2권
니코스 카잔차키스 자서전 | 안정효 옮김 | 각 352, 396면

카잔차키스 자신의 삶의 여정을 아름답게 묘사한 자전적 소설

037 우리들
예브게니 자먀찐 장편소설 | 석영중 옮김 | 240면

인간이 인간일 수 있음을 방해하는 모든 제도를 거부하는, 디스토피아 소설의 효시

- 2006년 이고르 수히흐 교수 〈러시아 문학 20세기의 책 20권〉
- 피터 박스올 〈죽기 전에 읽어야 할 1001권의 책〉

038 뉴욕 3부작
폴 오스터 장편소설 | 황보석 옮김 | 366면

추리 소설의 형식을 빌려 장르의 관습을 뒤엎어 버린, 가장 미국적인 소설

- 피터 박스올 〈죽기 전에 읽어야 할 1001권의 책〉

039 닥터 지바고 전2권
보리스 빠스쩨르나끄 장편소설 | 박형규 옮김 | 각 304, 392면
장엄한 시대의 증언으로 러시아 문학의 지평을 넓힌 해빙기 문학의 정수
- 1958년 노벨 문학상
- 미국 대학 위원회 선정 SAT 추천 도서
- 『타임』지가 뽑은 〈20세기 100선〉

041 고리오 영감
오노레 드 발자크 장편소설 | 임희근 옮김 | 358면
〈인간 희극〉 시리즈의 으뜸으로, 이후 방대한 소설 세계를 열어 주는 발자크의 대표작
- 2002년 노벨 연구소가 선정한 〈세계문학 100선〉
- 연세대학교 권장 도서 200권

042 뿌리 전2권
알렉스 헤일리 장편소설 | 안정효 옮김 | 각 398, 448면
10여 년간의 철저한 자료 조사로 재구성된 르포르타주 문학의 걸작
- 1977년 퓰리처상
- 1977년 전미 도서상
- 2004년 〈한국 문인이 선호하는 세계 명작 소설 100선〉
- 2005년 헨리 포드사 선정 〈75년간 미국을 뒤바꾼 75가지〉

044 백년보다 긴 하루
친기즈 아이뜨마또프 장편소설 | 황보석 옮김 | 420면
꿈꾸는 듯한 현실과 현실 같은 상상이 절묘하게 어우러진, 소비에트 문화권 최고의 스테디셀러
- 1983년 소비에트 문학상
- 1994년 오스트리아 유럽 문학상

045 최후의 세계
크리스토프 란스마이어 장편소설 | 장희권 옮김 | 262면
신화적 인물과 모티프를 현대적 관심사들과 결합시킨 지적 신화 소설
- 1988년 프랑크푸르트 도서전 선정 〈올해의 책〉
- 1988년 안톤 빌트간스상
- 1992년 독일 바이에른 주 학술원 대문학상
- 피터 박스올 〈죽기 전에 읽어야 할 1001권의 책〉

046 추운 나라에서 돌아온 스파이
존 르카레 장편소설 | 김석희 옮김 | 288면
20세기 냉전이 낳은 존 르카레 최고의 스릴러
- 1963년 서머싯 몸상
- 1963년 영국 추리작가 협회상
- 1963년 미국 추리작가 협회상
- 2005년 『타임』지 선정 〈100대 영문 소설〉

047 산도칸 ― 몸프라쳄의 호랑이
에밀리오 살가리 장편소설 | 유향란 옮김 | 428면
말레이시아 해를 배경으로 펼쳐지는 해적 산도칸과 그의 친구 야네스의 활약상
- 피터 박스올 〈죽기 전에 읽어야 할 1001권의 책〉

048 기적의 시대
보리슬라프 페키치 장편소설 | 이윤기 옮김 | 416면
예수가 행한 기적의 이면을 인간의 입장에서 조명한 기막힌 패러디
- 1965년 유고슬라비아 문학상

049 그리고 죽음
짐 크레이스 장편소설 | 김석희 옮김 | 224면
성장과 소멸, 삶과 죽음이 자연과 인간에게 주는 의미를 성찰하게 하는 걸작
- 1999년 전미 비평가 협회상
- 1999년 『가디언』 선정 〈올해의 책〉

050 세설 전2권
다니자키 준이치로 장편소설 | 송태욱 옮김 | 각 390, 382면
몰락한 오사카 상류층의 네 자매의 결혼 이야기를 통해 당시의 풍속을 잔잔하게 그린 작품

052 세상이 끝날 때까지 아직 10억 년
스뜨루가츠끼 형제 장편소설 | 석영중 옮김 | 224면
반유토피아 문학의 전통을 계승한 정치 풍자로 판금 조치를 당하기도 한 문제작
- 1988년 〈이달의 청소년 도서〉 선정

053 동물 농장
조지 오웰 장편소설 | 박경서 옮김 | 196면
스딸린 통치의 역사를 동물 우화에 빗댄 정치 알레고리 소설의 고전
- 2008년 영국 플레이닷컴 선정 〈역사상 가장 위대한 소설 10〉
- 2009년 『뉴스위크』 선정 〈세계 100대 명저〉

054 캉디드 혹은 낙관주의
볼테르 장편소설 | 이봉지 옮김 | 222면
해학과 풍자를 통해 작가 자신의 철학을 고스란히 담아 낸 철학적 콩트의 정수
- 1993년 서울대학교 선정 〈동서 고전 200선〉
- 미국 대학 위원회 선정 SAT 추천 도서

055 도적 떼
프리드리히 폰 실러 희곡 | 김인순 옮김 | 256면
〈형제의 반목〉이라는 모티프를 이용하여 자유와 반항을 설득력 있게 묘사한 비극
- 1993년 서울대학교 선정 〈동서 고전 200선〉
- 고려대학교 선정 〈교양 명저 60선〉

056 플로베르의 앵무새
줄리언 반스 장편소설 | 신재실 옮김 | 256면
예술 작품을 둘러싸고 벌어지는 인간 사회의 다양한 양상을 날카롭게 통찰한 작품
- 1986년 메디치상
- 1986년 E. M. 포스터상
- 1987년 구텐베르크상

057 악령 전3권
표도르 도스또예프스끼 장편소설 | 김연경 옮김 | 각 322, 394, 484면

실제 사건에 심리적, 형이상학적 색채를 가미한 위대한 비극

- 1966년 동아일보 선정 〈한국 명사들의 추천 도서〉
- 피터 박스올 〈죽기 전에 읽어야 할 1001권의 책〉

060 의심스러운 싸움
존 스타인벡 장편소설 | 윤희기 옮김 | 338면

1930년대 대공황기 캘리포니아 농장 지대의 파업을 극적으로 그린 소설

- 1937년 캘리포니아 커먼웰스 클럽 금상
- 1962년 노벨 문학상 수상 작가

061 몽유병자들 전2권
헤르만 브로흐 장편소설 | 김경연 옮김 | 각 398, 384면

현대 문명의 병폐와 가치의 붕괴를 상징적, 비판적으로 해석한 박물 소설이자 모든 문학적 표현 수단의 총체

063 몰타의 매
대실 해밋 장편소설 | 고정아 옮김 | 298면

하드보일드 소설의 창시자 대실 해밋의 세계 최초 탐정 소설

- 2009년 『뉴스위크』 선정 〈세계 100대 명저〉
- 뉴욕 추리 전문 서점 블랙 오키드 선정 〈최고의 추리 소설 10〉

064 마야꼬프스끼 선집
블라지미르 마야꼬프스끼 선집 | 석영중 옮김 | 320면

20세기 러시아의 위대한 혁명 시인 마야꼬프스끼의 대표적인 시와 산문 모음집

065 드라큘라 전2권
브램 스토커 장편소설 | 이세욱 옮김 | 각 340, 332면

공포와 성(性)을 결합시킨 환상 문학의 고전

- 2003년 크리스티아네 취른트 〈사람이 읽어야 할 모든 것 책〉
- 피터 박스올 〈죽기 전에 읽어야 할 1001권의 책〉

067 서부 전선 이상 없다
에리히 마리아 레마르크 장편소설 | 홍성광 옮김 | 248면

지극히 평범한 한 인간을 통해 전쟁의 본질을 보여 주는, 가장 위대한 전쟁 소설

- 미국 대학 위원회 선정 SAT 추천 도서
- 『타임』지가 뽑은 〈20세기 100선〉
- 피터 박스올 〈죽기 전에 읽어야 할 1001권의 책〉

068 적과 흑 전2권
스탕달 장편소설 | 임미경 옮김 | 각 376, 366면

〈출세〉를 향한 젊은이의 성공과 좌절을 통해 부조리한 사회 구조를 고발한 작품

- 2002년 노벨 연구소가 선정한 〈세계문학 100선〉
- 국립중앙도서관 선정 청소년 권장 도서 50선
- 서울대학교 권장 도서 100선

070 지상에서 영원으로 전3권
제임스 존스 장편소설 | 이종인 옮김 | 각 396, 378, 388면

제2차 세계 대전을 배경으로 두 쌍의 연인을 통해 하와이 주둔 미군 부대의 실상을 폭로한 자연주의 소설

- 1952년 전미 도서상
- 1998년 랜덤하우스 모던 라이브러리 선정 〈최고의 영문 소설 100〉

073 파우스트
요한 볼프강 폰 괴테 희곡 | 김인순 옮김 | 494면

진리를 찾는 파우스트를 통해 인간사의 모든 문제를 상징적으로 표현한 고전 중의 고전

- 2002년 노벨 연구소가 선정한 〈세계문학 100선〉
- 2003년 국립중앙도서관 선정 〈고전 100선〉
- 미국 대학 위원회 선정 SAT 추천 도서
- 서울대학교 권장 도서 100선
- 『뉴스위크』 선정 〈세상을 움직인 100권의 책〉

074 쾌걸 조로
존스턴 매컬리 장편소설 | 김훈 옮김 | 316면

마스크 뒤에 정체를 감추고 폭압에 맞서 싸우는 쾌걸 조로의 가슴 시원한 활약

075 거장과 마르가리따 전2권
미하일 불가꼬프 장편소설 | 홍대화 옮김 | 각 362, 328면

스딸린 치하의 소비에트 사회를 풍자하는 서늘한 공포와 유쾌한 웃음의 묘미

- 2006년 이고르 수히흐 교수 〈러시아 문학 20세기의 책 20권〉
- 피터 박스올 〈죽기 전에 읽어야 할 1001권의 책〉

077 순수의 시대
이디스 워튼 장편소설 | 고정아 옮김 | 356면

사랑과 결혼의 의미를 찾는 세 남녀의 이야기를 세밀하게 그려 낸 연애 소설의 고전

- 1998년 랜덤하우스 모던 라이브러리 선정 〈최고의 영문 소설 100〉
- 2009년 『뉴스위크』 선정 〈세계 100대 명저〉

078 검의 대가
아르투로 페레스 레베르테 장편소설 | 김수진 옮김 | 296면

1868년 마드리드, 역사적인 음모와 계략 그리고 화려한 검술이 엮어 내는 지적 미스터리

- 1993년 『리르』지 선정 〈10대 외국 소설가〉
- 1997년 코레오 그룹상
- 2000년 『뉴욕 타임스』 선정 〈올해의 포켓북〉

079 예브게니 오네긴
알렉산드르 뿌쉬낀 운문소설 | 석영중 옮김 | 318면

패러디의 소설이자 소설의 패러디. 러시아가 낳은 위대한 시인 뿌쉬낀의 장편 운문 소설

- 고려대학교 선정 〈교양 명저 60선〉
- 연세대학교 권장 도서 200권

080 장미의 이름 전2권
움베르토 에코 장편소설 | 이윤기 옮김 | 각 342, 348면
에코의 해박한 인류학적 지식과 기호학 이론이 녹아 있는 중세 추리 소설
- 1981년 스트레가상
- 1982년 메디치상
- 『타임』지가 뽑은 〈20세기 100선〉

082 향수
파트리크 쥐스킨트 장편소설 | 강명순 옮김 | 294면
지상 최고의 향수를 만들려는 한 악마적 천재의 기상천외한 이야기
- 2003년 BBC 「빅리드」 조사 〈영국인들이 가장 사랑하는 소설 100편〉
- 2008년 서울대학교 대출 도서 순위 20

083 여자를 안다는 것
아모스 오즈 장편소설 | 최창모 옮김 | 278면
현대 히브리 문학의 대표적 작가이자 평화 운동가인 아모스 오즈의 대표작

084 나는 고양이로소이다
나쓰메 소세키 장편소설 | 김난주 옮김 | 468면
고양이의 눈에 비친 인간들의 우스꽝스럽고도 서글픈 초상

085 웃는 남자 전2권
빅토르 위고 장편소설 | 이형식 옮김 | 각 472, 486면
17세기 영국 사회에 대한 묘사와 역사에 대한 통찰력이 돋보이는 위고의 최고 걸작

087 아웃 오브 아프리카
카렌 블릭센 장편소설 | 민승남 옮김 | 370면
아프리카에 바치는, 아프리카인과 나눈 사랑과 교감 그리고 우정과 깨달음의 기록
- 피터 박스올 〈죽기 전에 읽어야 할 1001권의 책〉

088 무엇을 할 것인가 전2권
니꼴라이 체르니셰프스끼 장편소설 | 서정록 옮김 | 각 358, 402면
젊은 지식인들에게 〈혁명의 교과서〉로 추앙받은 사회주의 이상 소설

090 도나 플로르와 그녀의 두 남편 전2권
조르지 아마두 장편소설 | 오숙은 옮김 | 각 328, 308면
브라질의 국민 작가 아마두의 관능적이고도 익살이 넘치는 대작

092 미사고의 숲
로버트 홀드스톡 장편소설 | 김상훈 옮김 | 416면
신화의 원형과 〈숲〉으로 상징되는 집단 무의식의 본질을 유려한 문체로 형상화한 걸작
- 1985년 세계 환상 문학상 대상
- 2003년 프랑스 환상 문학상 특별상

093 신곡 전3권
단테 알리기에리 장편서사시 | 김운찬 옮김 | 각 290, 294, 320면
총 1만 4233행으로 기록된, 단테의 일주일 동안의 저승 여행 이야기
- 2009년 『뉴스워크』 선정 〈세계 100대 명저〉
- 서울대학교 권장 도서 100선

096 교수
샬롯 브론테 장편소설 | 배미영 옮김 | 368면
권위와 위선을 거부하고 자립해 가는 인간들의 모순된 내면 심리에 대한 탁월한 묘사

097 노름꾼
표도르 도스또예프스끼 장편소설 | 이재필 옮김 | 312면
잡지의 실패, 형과 아내의 죽음, 빚…… 파국으로 치닫는 악몽 같은 이야기로 승화한 작가의 회상

098 하워즈 엔드
E. M. 포스터 장편소설 | 고정아 옮김 | 506면
정교한 플롯과 다채로운 인물 묘사가 돋보이는 E. M. 포스터의 역작
- 1998년 랜덤하우스 모던 라이브러리 선정 〈최고의 영문 소설 100〉
- 2004년 〈한국 문인이 선호하는 세계 명작 소설 100선〉

099 최후의 유혹 전2권
니코스 카잔차키스 장편소설 | 안정효 옮김 | 각 406, 398면
예수뿐 아니라 그의 주변 인물들에게까지 생생한 살과 영혼을 부여한 소설
- 피터 박스올 〈죽기 전에 읽어야 할 1001권의 책〉

101 키리냐가
마이크 레스닉 장편소설 | 최용준 옮김 | 460면
모든 문제에 대한 해답이 존재했던, 잃어버린 유토피아에 관한 우화
- 1989년 휴고상

102 바스커빌가의 개
아서 코넌 도일 장편소설 | 조영학 옮김 | 264면
가장 매력적인 탐정 〈셜록 홈스〉를 창조해 낸 코넌 도일 최고의 장편소설
- 「히치콕 매거진」 선정 〈세계 10대 추리 소설〉
- 피터 박스올 〈죽기 전에 읽어야 할 1001권의 책〉

103 버마 시절
조지 오웰 장편소설 | 박경서 옮김 | 398면
〈인도 제국주의 경찰〉이라는 실제 경험을 바탕으로 완성한 조지 오웰의 첫 장편, 그 식민지의 기록

104 10 1/2장으로 쓴 세계 역사
줄리언 반스 장편소설 | 신재실 옮김 | 454면
패러디, 다큐멘터리, 에세이 등 다양한 형식을 통한 세계 역사의 포스트모더니즘적 전복

105 죽음의 집의 기록
표도르 도스또예프스끼 장편소설 | 이덕형 옮김 | 524면
도스또예프스끼의 실제 경험이 가장 많이 반영된 다큐멘터리적 소설
- 1955년 시카고 대학 그레이트 북스
- 피터 박스올 《죽기 전에 읽어야 할 1001권의 책》

106 소유 전2권
수전 바이어트 장편소설 | 윤희기 옮김 | 각 440, 480면
우연히 발견된 편지의 비밀을 좇으며 알아 가는 빅토리아 시대의 사랑, 그리고 현실의 사랑
- 1990년 부커상
- 1990년 영국 최고 영예 지도자상인 커맨더(CBE) 훈장
- 2005년 『타임』지 선정 〈100대 영문 소설〉

108 미성년 전2권
표도르 도스또예프스끼 장편소설 | 이상룡 옮김 | 각 510, 540면
불행한 운명을 타고난 한 청년이 이상과 현실 사이에서 방황하는 모습을 그린 성장 소설

110 성 앙투안느의 유혹
귀스타브 플로베르 희곡소설 | 김용은 옮김 | 528면
〈낭만주의적 구도자〉 귀스타브 플로베르가 스스로 밝힌 〈평생의 작품〉

111 밤으로의 긴 여로
유진 오닐 희곡 | 강유나 옮김 | 240면
치솟는 애증과 한없는 연민의 다른 이름, 〈가족〉에 대한 유진 오닐의 자전적 고백
- 1936년 노벨 문학상 수상 작가
- 1957년 퓰리처상
- 미국 대학 위원회 선정 SAT 추천 도서
- 『타임』지가 뽑은 〈20세기 100선〉

112 마법사 전2권
존 파울즈 장편소설 | 정영문 옮김 | 각 510, 542면
중층적 책략과 거미줄처럼 깔린 복선, 다양한 상징이 어우러진 거대한 환상의 숲
- 2003년 BBC 〈빅리드〉 조사 〈영국인들이 가장 사랑하는 소설 100선〉
- 『타임』지 선정 〈100대 영문 소설〉

114 스쩨빤치꼬보 마을 사람들
표도르 도스또예프스끼 장편소설 | 변현태 옮김 | 412면
작가의 시베리아 유형 직후에 발표된 작품. 유쾌한 희극적 기법과 언어의 기막힌 패러디

115 플랑드르 거장의 그림
아르투로 페레스 레베르테 장편소설 | 정창 옮김 | 512면
그림에 감추어진 문장으로 과거를 추적하가는 미스터리이자 역사 추리 소설
- 1993년 프랑스 추리 소설 대상
- 1993년 『리르』지 선정 〈10대 외국인 소설가〉

116 분신
표도르 도스또예프스끼 장편소설 | 석영중 옮김 | 272면
〈의식의 분열〉이라는 도스또예프스끼 창작의 가장 중요한 테마를 예고한 작품

117 가난한 사람들
표도르 도스또예프스끼 장편소설 | 석영중 옮김 | 248면
보잘것없는 하급 관리와 욕심 많은 지주의 아내가 되는 가엾은 처녀가 주고받은 편지

118 인형의 집
헨리크 입센 희곡 | 김창화 옮김 | 262면
누군가의 아내 혹은 어머니가 아닌, 한 〈인간〉으로서의 여성의 깨달음을 그린 화제작
- 미국 대학 위원회 선정 SAT 추천 도서
- 『뉴스위크』 선정 〈세상을 움직인 100권의 책〉

119 영원한 남편
표도르 도스또예프스끼 장편소설 | 정명자 옮김 | 440면
도스또예프스끼의 심화된 예술 세계를 보여 주는 단편 모음집

120 알코올
기욤 아폴리네르 시집 | 황현산 옮김 | 352면
파격적인 시풍과 유려한 내재율을 자랑하는 기욤 아폴리네르의 첫 시집

121 지하로부터의 수기
표도르 도스또예프스끼 장편소설 | 계동준 옮김 | 252면
선악의 충돌, 환경과 윤리의 갈등, 인간의 번민과 그리스도를 통한 구원에 관한 이야기들

122 어느 작가의 오후
페터 한트케 중편소설 | 홍성광 옮김 | 152면
세계적 작가 페터 한트케가 소설의 형식으로 써 내려간 독특한 〈작가론〉, 한트케식 글쓰기의 표본

123 아저씨의 꿈
표도르 도스또예프스끼 장편소설 | 박종소 옮김 | 304면
과장의 기법과 희화적 색채를 드러낸 도스또예프스끼의 풍자 드라마 혹은 사회 비판적 소설

124 네또츠까 네즈바노바
표도르 도스또예프스끼 장편소설 | 박재만 옮김 | 316면
네또츠까 네즈바노바라는 한 여성의 일대기를 다룬 도스또예프스끼 최초의 장편이자 미완성작

125 곤두박질
마이클 프레인 장편소설 | 최용준 옮김 | 528면
해박한 미술사적 지식을 토대로 한 예술 소설이자 역사적 배경 속에서 벌어지는 사회심리 코미디
- 1999년 『타임스 리터러리 서플러먼트』 선정 〈올해의 책〉
- 1999년 휫브레드상

126 백야 외
표도르 도스또예프스끼 소설선집 | 석영중 외 옮김 | 400면

도스또예프스끼의 유토피아적 사회주의 사상이 나타난 단편 모음으로, 뻬뜨로빠블로프스끄 감옥에 수감된 동안의 삶의 환희 등이 엿보이는 작품

127 살라미나의 병사들
하비에르 세르카스 장편소설 | 김창민 옮김 | 296면

1939년 프랑스 국경 숲 집단 총살에서 살아남은 작가이자 팔랑헤당의 핵심 멤버였던 산체스 마스를 추적하는, 탐정 소설 형식을 띤 이야기

- 2001년 스페인 살람보상, 「케 레에르」지 독자상, 바르셀로나 시의 상
- 2004년 영국 「인디펜던트」 외국 소설상

128 뻬쩨르부르그 연대기 외
표도르 도스또예프스끼 소설선집 | 이항재 옮김 | 294면

새로운 테마와 방법으로 고심한 흔적이 나타나는, 당대 사회에 대한 날카로운 관찰자적 시각을 가지고 간결하고 세련된 문체를 사용한 작품

129 상처받은 사람들 전2권
표도르 도스또예프스끼 장편소설 | 윤우섭 옮김 | 각 294, 392면

19세기 중엽 뻬쩨르부르그 상류 사회의 이중적 삶과 하층민의 고통, 그로 인한 비극적 갈등과 모순을 그린 작품

131 악어 외
표도르 도스또예프스끼 소설선집 | 박혜경 외 옮김 | 312면

도스또예프스끼의 중기 단편. 점차 완숙해져 가는 작가의 예술적·사상적 세계관이 돋보이는 작품

132 허클베리 핀의 모험
마크 트웨인 장편소설 | 윤교찬 옮김 | 408면

모험 소설의 대가. 미국의 셰익스피어라 불리는 마크 트웨인의 대표작

- 미국 대학 위원회 선정 SAT 추천 도서
- 서울대학교 권장 도서 100선

133 부활 전2권
레프 똘스또이 장편소설 | 이대우 옮김 | 각 306, 406면

똘스또이의 세계관이 담긴 거대한 사상서, 끝없는 용서와 사랑으로 부활하는 인간성에 대한 이야기

- 2003년 국립중앙도서관 선정 〈고전 100선〉
- 2004년 〈한국 문인이 선호하는 세계 명작 소설 100선〉

135 보물섬
로버트 루이스 스티븐슨 장편소설 | 최용준 옮김 | 352면

백 년이 넘게 전 세계 독자들의 사랑을 받아 온 해양 모험 소설의 고전

- 2003년 BBC 「빅리드」 조사 〈영국인들이 가장 사랑하는 소설 100편〉
- 미국 대학 위원회 선정 SAT 추천 도서

136 천일야화 전6권
앙투안 갈랑 | 임호경 옮김 | 각 334, 326, 372, 392, 342, 304면

마법과 흥미진진한 모험 속에서 아랍의 문화와 관습은 물론 아랍인들의 세계관과 기질을 재미있게 전하는 앙투안 갈랑의 〈천일야화〉 완역판

- 2003년 국립중앙도서관 선정 〈고전 100선〉

142 아버지와 아들
이반 뚜르게네프 장편소설 | 이상원 옮김 | 318면

격변기 러시아의 세대 갈등. 〈보수〉와 〈진보〉가 대립하는 시대상을 묘사하여 논쟁을 불러일으킨 작품

- 1993년 서울대학교 선정 〈동서 고전 200선〉
- 미국 대학 위원회 선정 SAT 추천 도서

143 오만과 편견
제인 오스틴 장편소설 | 원유경 옮김 | 472면

오만과 편견에서 비롯된 모든 갈등과 모순은 결혼으로 해결된다. 셰익스피어에 버금가는 작가 제인 오스틴의 대표작

- 1954년 서머싯 몸이 추천한 세계 10대 소설
- 2002년 노벨 연구소가 선정한 〈세계 문학 100선〉
- 미국 대학 위원회 선정 SAT 추천 도서

144 천로 역정
존 버니언 우화소설 | 이동일 옮김 | 420면

좁은 문을 지나 천국에 이르는 순례자의 여정. 침례교 설교자 존 버니언의 대표작인 종교적 우화소설

- 1945년 호레이스 십 선정 〈세계를 움직인 책 10권〉
- 2003년 국립중앙도서관 선정 〈고전 100선〉
- 2004년 〈한국 문인이 선호하는 세계 명작 소설 100선〉

145 대주교에게 죽음이 오다
윌라 캐더 장편소설 | 윤명옥 옮김 | 348면

웅대한 자연환경과 함께 뉴멕시코 선교사들의 삶을 그린, 퓰리처상 수상 작가 윌라 캐더의 아름다운 신화적 소설

- 2005년 「타임」지 선정 〈100대 영문 소설〉
- 2009년 「뉴스위크」 선정 〈세계 100대 명저〉
- 미국 대학 위원회 선정 SAT 추천 도서

146 권력과 영광
그레이엄 그린 장편소설 | 김연수 옮김 | 380면

군사 혁명 시절의 멕시코. 범법자이자 도망자를 자처한 어느 사제의 이야기 불구가 된 세상이 신의 대리인에게 내리는 가혹한 형벌, 혹은 놀라운 축복

- 2005년 「타임」지 선정 〈100대 영문 소설〉

147 80일간의 세계 일주
쥘 베른 장편소설 | 고정아 옮김 | 334면

공상 과학 소설의 고전. 지금까지 전 세계에 가장 많은 번역 작품을 남긴 쥘 베른. 그가 그려낸 80일 동안의 세계 일주

- 미국 대학 위원회 선정 SAT 추천 도서

148 바람과 함께 사라지다 전3권
마거릿 미첼 장편소설 | 안정효 옮김 | 각 552, 566, 560면
미국 문학사상 최고의 이야기꾼 마거릿 미첼의 대표작 전쟁의 폐허 속에서 살아가는 여성의 이야기
- 1937년 퓰리처상
- 2009년 『뉴스위크』 선정 〈세계 100대 명저〉

151 기탄잘리
라빈드라나트 타고르 시집 | 장경렬 옮김 | 216면
먼 곳을 가깝게 하고 낯선 이를 형제로 만드는 타고르 시의 힘 나그네, 연인…… 〈님〉을 그리는 가난한 마음들이 바치는 노래의 화환
- 1913년 노벨 문학상
- 2003년 국립중앙도서관 선정 〈고전 100선〉

152 도리언 그레이의 초상
오스카 와일드 장편소설 | 윤희기 옮김 | 364면
예술과 삶의 관계를 해명한 오스카 와일드의 유일한 장편소설
- 1996년 동아일보 선정 〈한국 명사들의 추천 도서〉
- 미국 대학 위원회 선정 SAT 추천 도서

153 레우코와의 대화
체사레 파베세 희곡소설 | 김운찬 옮김 | 276면
이탈리아 신사실주의 문학을 대표하는 파베세의 급진적인 신화 해석

154 햄릿
윌리엄 셰익스피어 희곡 | 박우수 옮김 | 242면
삶과 죽음, 도덕과 양심, 의지와 운명 등 다양한 문제를 동반한 존재 탐구의 여정
- 2002년 노벨 연구소가 선정한 〈세계문학 100선〉
- 미국 대학 위원회 선정 SAT 추천 도서

155 맥베스
윌리엄 셰익스피어 희곡 | 권오숙 옮김 | 164면
모순과 역설을 통해 인간 내면의 온갖 가치 충돌을 그려 낸, 셰익스피어 4대 비극의 마지막 작품
- 2002년 노벨 연구소가 선정한 〈세계문학 100선〉
- 미국 대학 위원회 선정 SAT 추천 도서

156 아들과 연인 전2권
D. H. 로렌스 장편소설 | 최희섭 옮김 | 각 464, 428면
19세기 말에서 20세기 초 영국 사회 하층 계급의 삶을 생생하게 묘사한 로렌스의 자전적 소설!
- 2002년 노벨 연구소가 선정한 〈세계문학 100선〉
- 2009년 『뉴스위크』 선정 〈세계 100대 명저〉

158 그리고 아무 말도 하지 않았다
하인리히 뵐 장편소설 | 홍성광 옮김 | 264면
〈전후 독일에서 쓰인 최고의 책〉이라고 극찬받은 작품. 섬세하게 묘사된 전후의 내면 풍경
- 1972년 노벨 문학상 수상 작가

159 미덕의 불운
싸드 장편소설 | 이형식 옮김 | 238면
신앙 깊고 정숙한 미덕의 화신 쥐스띤느에게 가해지는 잔혹한 운명. 〈싸디즘〉의 유래가 된 문제작

160 프랑켄슈타인
메리 W. 셸리 장편소설 | 오숙은 옮김 | 310면
공포 소설, 공상 과학 소설의 고전 과학의 발전과 실험이 불러올지도 모를 끔찍한 재앙에 대한 경고
- 2009년 『뉴스위크』 선정 〈세계 100대 명저〉
- 미국 대학 위원회 선정 SAT 추천 도서

161 위대한 개츠비
프랜시스 스콧 피츠제럴드 장편소설 | 한애경 옮김 | 270면
개츠비, 닉, 톰이라는 세 캐릭터를 통해 시대적 불안을 뛰어나게 묘사한 고전
- 2005년 『타임』지 선정 〈100대 영문 소설〉
- 미국 대학 위원회 선정 SAT 추천 도서

162 아Q정전
루쉰 중단편집 | 김태성 옮김 | 310면
현대 중국의 문학과 인문 정신의 출발을 상징하는 루쉰의 소설집
- 1996년 『뉴욕 타임스』 선정 〈20세기에 가장 큰 영향을 끼친 그레이트 북스〉

163 로빈슨 크루소
대니얼 디포 장편소설 | 류경희 옮김 | 450면
최초의 본격 소설이자 근대 소설의 효시. 국적과 시대와 세대를 불문한 여행기 문학의 대표작
- 2003년 국립중앙도서관 선정 〈고전 100선〉
- 미국 대학 위원회 선정 SAT 추천 도서

164 타임머신
허버트 조지 웰스 소설집 | 김석희 옮김 | 292면
SF의 거인 허버트 조지 웰스가 그려 낸 인류의 미래 그 잔혹한 기적
- 2003년 크리스티아네 취렌트 〈사람이 읽어야 할 모든 것 책〉
- 피터 박스올 〈죽기 전에 읽어야 할 1001권의 책〉

165 제인 에어 전2권
샬럿 브론테 장편소설 | 이미선 옮김 | 각 390, 380면
가난한 고아 가정 교사 제인 에어와 부유하지만 불행한 로체스터의 사랑을 주제로 한 연애 소설
- 미국 대학 위원회 선정 SAT 추천 도서
- 피터 박스올 〈죽기 전에 읽어야 할 1001권의 책〉

167 풀잎
월트 휘트먼 시집 | 허현숙 옮김 | 274면
자유시의 선구자 월트 휘트먼. 40년간 수정과 증보를 거듭한 시집 『풀잎』의 초판 완역본
- 2002년 노벨 연구소가 선정한 〈세계문학 100선〉
- 2009년 『뉴스위크』 선정 〈세계 100대 명저〉

168 표류자들의 집
기예르모 로살레스 장편소설 | 최유정 옮김 | 204면
쿠바와 미국, 그 어느 땅에도 뿌리박기를 거부한 작가 기예르모 로살레스. 그가 생전에 남긴 단 한 권의 책
- 1987년 황금 문학상

169 배빗
싱클레어 루이스 장편소설 | 이종인 옮김 | 514면
일반 명사가 된 한 남자의 이야기, 미국의 중산계급에 대한 풍자와 뛰어난 환경 묘사에 성공한 루이스의 최고 걸작!
- 1930년 노벨 문학상

170 이토록 긴 편지
마리아마 바 장편소설 | 백선희 옮김 | 186면
50대 여성 라마툴라이가 친구 아이사투에게 쓴 편지. 일부다처제를 둘러싼 두 여인의 고통과 선택, 새로운 삶에서의 번민을 담아낸 작품
- 1980년 노마상

171 느릅나무 아래 욕망
유진 오닐 희곡 | 손동호 옮김 | 156면
욕정과 물욕, 근친상간과 유아 살해, 욕망에서 비롯된 인간사 갈등의 극단점, 그러나 그 속에서도 아직 꺾이지 않는 사랑에 대한 이야기
- 1936년 노벨 문학상 수상 작가

172 이방인
알베르 카뮈 장편소설 | 김예령 옮김 | 196면
인간의 부조리를 성찰한 작가 알베르 카뮈의 처녀작. 죽음, 자유, 반항, 진실의 심연을 들여다본다
- 1957년 노벨 문학상 수상 작가
- 2002년 노벨 연구소가 선정한 〈세계 문학 100대 작품〉

173 미라마르
나기브 마푸즈 장편소설 | 허진 옮김 | 280면
아랍 문학계의 큰 별, 나기브 마푸즈가 파고든 두 차례의 혁명, 그 이후
- 1988년 노벨 문학상 수상 작가
- 피터 박스올 〈죽기 전에 읽어야 할 1001권의 책〉

174 지킬 박사와 하이드 씨
로버트 루이스 스티븐슨 소설선집 | 조영학 옮김 | 314면
인간 내면의 근원을 탐구한 탁월한 심리 묘사가 스티븐슨. 그가 선사하는 다섯 가지 기이한 이야기
- 2004년 〈한국 문인이 선호하는 세계 명작 소설 100선〉

175 루진
이반 세르게예비치 뚜르게네프 장편소설 | 이항재 옮김 | 258면
한 〈잉여 인간〉의 삶과 죽음을 러시아 문단의 거인 뚜르게네프의 사실적 시선을 통해 엿본다

176 피그말리온
조지 버나드 쇼 희곡 | 김소임 옮김 | 244면
20세기 영국 사회의 허위와 모순에 대한 신랄한 풍자, 셰익스피어 이후 가장 위대한 극작가 조지 버나드 쇼의 대표작
- 1925년 노벨 문학상 수상 작가

177 목로주점 전2권
에밀 졸라 장편소설 | 유기환 옮김 | 각 334, 330면
노동자의 언어로 쓰인 최초의 노동 소설. 19세기를 살아간 노동자의 고달픈 삶, 그 몰락의 연대기
- 피터 박스올 〈죽기 전에 읽어야 할 1001권의 책〉

179 엠마 전2권
제인 오스틴 장편소설 | 이미애 옮김 | 각 336, 354면
호기심과 오해가 빚어낸 사건들 속에서 완성되는 철부지 엠마의 좌충우돌 성장기
- 2007년 데보라 G. 펠터 〈여성의 삶을 바꾼 책 50권〉

181 비숍 살인 사건
S. S. 밴 다인 장편소설 | 최인자 옮김 | 452면
추리 소설의 황금시대를 장식한 S. S. 밴 다인의, 시와 문학을 접목시킨 연쇄 살인 사건

182 우신예찬
에라스무스 풍자문 | 김남우 옮김 | 286면
자유로운 세계주의자 에라스무스, 그의 눈에 비친 〈웃지 않을 수 없는〉 시대의 모습

183 하자르 사전
밀로라드 파비치 장편소설 | 신현철 옮김 | 478면
지중해에 실제로 존재했던 하자르 제국에 대한, 역사와 환상이 교묘하게 뒤섞인 역사 미스터리 사전(辭典) 소설

184 테스 전2권
토머스 하디 장편소설 | 김문숙 옮김 | 각 392, 332면
웅장한 인습 속에서도 강인한 생명력과 자연의 회복력을 지닌 순수한 대지의 딸 테스의 삶과 죽음
- 미국 대학 위원회 선정 SAT 추천 도서

186 투명 인간
허버트 조지 웰스 장편소설 | 김석희 옮김 | 280면
SF의 거장 허버트 조지 웰스의 빛나는 상상력, 보이지 않는 인간이 보여 주는, 소외된 인간의 고독
- 미국 대학 위원회 선정 SAT 추천 도서

187 93년 전2권
빅토르 위고 장편소설 | 이형식 옮김 | 각 288, 352면
프랑스 대혁명 당시 가장 치열했던 방데 전투의 종말, 그리고 그곳에서, 사상과 인간성 간의 전쟁이 다시 시작된다

189 젊은 예술가의 초상
제임스 조이스 장편소설 | 성은애 옮김 | 370면

20세기 가장 혁명적인 문학가 제임스 조이스의 자전적 소설. 감수성을 억압하는 사회를 거부하고 예술의 길을 택한 한 소년의 성장기

190 소네트집
윌리엄 셰익스피어 연작시집 | 박우수 옮김 | 194면

아름다운 언어로 사랑과 고통을 그려 낸 소네트 문학의 최고 걸작
- 2009년 『뉴스위크』 선정 〈세계 100대 명저〉

191 메뚜기의 날
너새니얼 웨스트 장편소설 | 김진준 옮김 | 274면

할리우드 뒷골목의 하류 인생들! 그들의 적나라한 모습에서 헛된 꿈에 부푼 인간들의 모습을 본다
- 2009년 『뉴스위크』 선정 〈세계 100대 명저〉

192 나사의 회전
헨리 제임스 중편소설 | 이승은 옮김 | 252면

모호한 암시와 뒤에 숨겨진 반전. 현대 심리 소설의 아버지 헨리 제임스의 대표작
- 미국 대학 위원회 선정 SAT 추천 도서
- 1955년 시카고 대학 〈그레이트 북스〉

193 오셀로
윌리엄 셰익스피어 희곡 | 권오숙 옮김 | 210면

인간의 사랑과 질투, 그리고 의심이라는 감정이 빚어내는 비극

194 소송
프란츠 카프카 장편소설 | 김재혁 옮김 | 366면

난데없는 소송과 운명적 소용돌이에 희생당하는 한 인간을 통해 카프카의 문학적 천재성을 본다
- 2002년 노벨 연구소가 선정한 〈세계 문학 100선〉
- 2005년 『타임』지 선정 〈100대 영문 소설〉

195 나의 안토니아
윌라 캐더 장편소설 | 전경자 옮김 | 362면

유토피아를 꿈꾸며 고향을 떠나온 이민자들의 삶. 황량한 초원에서 펼쳐진 그들의 아름다운 순간들
- 2007년 데보라 G. 펠터 〈여성의 삶을 바꾼 책 50권〉

196 자성록
마르쿠스 아우렐리우스 명상록 | 박민수 옮김 | 228면

로마 황제라는 화려한 뒤에 권력보다는 철학과 인간을 사랑했던 고독한 영웅이 있었다. 그의 성찰의 시간들을 엿본다

197 오레스테이아
아이스킬로스 비극 | 두행숙 옮김 | 324면

오레스테스를 중심으로 벌어지는 잔혹한 복수극을 통해 정의란 무엇인지에 대한 질문을 던진다

198 노인과 바다
어니스트 헤밍웨이 소설선집 | 이종인 옮김 | 310면

한 노인과 거대한 물고기의 사투를 통해 삶과 죽음에 대한 고민과 패배하지 않는 인간의 굳건한 의지를 그려 낸다
- 1952년 퓰리처상 수상작
- 1952년 노벨 문학상 수상 작가

199 무기여 잘 있거라
어니스트 헤밍웨이 장편소설 | 이종인 옮김 | 456면

체험에 뿌리를 내린 크나큰 비극. 미국 문학의 거장 헤밍웨이가 〈잃어버린 세대〉의 모습을 담는다
- 『타임』지가 뽑은 〈20세기 100선〉
- 미국 대학 위원회 선정 SAT 추천 도서

200 서푼짜리 오페라
베르톨트 브레히트 희곡선집 | 이은희 옮김 | 312면

이데올로기 속에 갇힌 인간의 모습을 그려 낸 〈서푼짜리 오페라〉와 〈억척어멈과 자식들〉을 만난다
- 『뉴욕 타임스』 선정 〈20세기 최고의 책 100선〉

201 리어 왕
윌리엄 셰익스피어 희곡 | 박우수 옮김 | 216면

자신의 정체성을 아는 자 누구인가? 오이디푸스의 후에 리어, 눈 있으되 보지 못하는 자의 고통
- 미국 대학 위원회 선정 SAT 추천 도서
- 2002년 노벨 연구소가 선정한 〈세계문학 100선〉

202 주홍 글자
너대니얼 호손 장편소설 | 곽영미 옮김 | 352면

미국 문학의 시대를 연 호손의 대표작. 가장 통속적인 곳에서 피어난 가장 숭고한 이야기
- 미국 대학 위원회 선정 SAT 추천 도서
- 서울대학교 선정 〈동서 고전 200선〉

203 모히칸족의 최후
제임스 페니모어 쿠퍼 장편소설 | 이나경 옮김 | 500면

자연과 문명, 인디언과 백인, 신화와 역사의 경계를 넘나드는 모히칸 전사의 최후 전투 기록
- 미국 대학 위원회 선정 SAT 추천 도서

204 곤충 극장
카렐 차페크 희곡선집 | 김선형 옮김 | 350면

양차 대전 사이 유럽을 살아간 휴머니스트 카렐 차페크의 치열한 고민, 그러나 위트 넘치는 기록들

205 누구를 위하여 종은 울리나 전2권
어니스트 헤밍웨이 장편소설 | 이종인 옮김 | 각 414, 392면

허무주의에서 평화를 위한 필사의 투쟁으로, 연대를 통한 실천 의식을 역설한 헤밍웨이의 역작
- 1953년 노벨 문학상 수상 작가
- 뉴스위크 선정 세계 100대 명저
- 르몽드 선정 〈20세기 최고의 책〉

207 타르튀프
몰리에르 희곡선집 | 신은영 옮김 | 408면

최고의 희극 배우이자 가장 위대한 극작가 몰리에르, 조롱과 웃음기로 무장한 투쟁의 궤적

- 1955년 시카고 대학 〈그레이트 북스〉
- 서울대학교 선정 〈동서 고전 200선〉

208 유토피아
토머스 모어 소설 | 전경자 옮김 | 274면

르네상스 시대의 휴머니즘과 종교적 관용, 성 평등을 주장한 근대 소설의 효시이자 사회사상사적 명저

- 「뉴스위크」 선정 세상을 움직인 100권의 책
- 스탠포드 대학 선정 〈세계의 결정적 책 15권〉

209 인간과 초인
조지 버나드 쇼 희곡 | 이후지 옮김 | 314면

니체의 초인 사상에 큰 영향을 받은 버나드 쇼의 인생관과 예술론이 흥미로운 설정과 희극적인 요소와 함께 펼쳐진다

- 1925년 노벨 문학상 수상
- 시카고 대학 그레이트 북스

210 페드르와 이폴리트
장 라신 희곡 | 신정아 옮김 | 194면

프랑스 신고전주의 희곡의 대가 라신의 대표작이자 정념을 다룬 비극의 정수

- 서울대학교 선정 〈동서 고전 200선〉
- 시카고 대학 그레이트 북스

211 말테의 수기
라이너 마리아 릴케 장편소설 | 안문영 옮김 | 312면

고독과 고난에 대한 기록, 20세기 초 독일어로 발표된 최초의 현대 소설이자 릴케의 유일한 장편소설

- 국립중앙도서관 선정 청소년 권장도서 50선
- 서울대학교 선정 〈동서 고전 200선〉

각 권 8,800~11,800원